Su

Dello stesso autore nel catalogo Einaudi

Gli squali

Giacomo Mazzariol

Mio fratello rincorre i dinosauri

Storia mia e di Giovanni che ha un cromosoma in piú

Einaudi

Mio fratello rincorre i dinosauri

a Chiara e Alice, le mie sorelle
a Gio, il mio supereroe

Ognuno è un genio. Ma se si giudica un pesce dalla sua abilità di arrampicarsi sugli alberi, lui passerà tutta la sua vita a credersi uno stupido.

ALBERT EINSTEIN

To see a world in a grain of sand
and a heaven in a wild flower,
hold infinity in the palm of your hand
and eternity in an hour.

WILLIAM BLAKE, *Auguri di innocenza*

Insomma, è la storia di Giovanni, questa.

Giovanni che va a prendere il gelato.
– Cono o coppetta?
– Cono!
– Ma se il cono non lo mangi.
– E allora? Neanche la coppetta la mangio!
Giovanni che ha tredici anni e un sorriso piú largo dei suoi occhiali. Che ruba il cappello a un barbone e scappa via; che ama i dinosauri e il rosso; che va al cinema con una compagna, torna a casa e annuncia: «Mi sono sposato». Giovanni che balla in mezzo alla piazza, da solo, al ritmo della musica di un artista di strada, e uno dopo l'altro i passanti si sciolgono e cominciano a imitarlo: Giovanni è uno che fa ballare le piazze. Giovanni che il tempo sono sempre venti minuti, mai piú di venti minuti: se uno va in vacanza per un mese, è stato via venti minuti. Giovanni che sa essere estenuante, logorante, che ogni giorno va in giardino e porta un fiore alle sorelle. E se è inverno e non lo trova, porta loro foglie secche.

Giovanni è mio fratello. E questa è anche la mia storia. Io di anni ne ho diciannove, mi chiamo Giacomo.

Annunciazione

Per prima cosa voglio parlarvi del parcheggio, perché è lí che tutto è cominciato. Un parcheggio vuoto come possono essere vuoti certi parcheggi le domeniche pomeriggio. Non ricordo da dove stessimo tornando, forse da casa della nonna, ma ricordo la sensazione, la sonnolenza appagata, lo stomaco pieno. Mamma e papà seduti davanti. Io, Alice e Chiara dietro. Il sole giocava con la punta degli alberi e io guardavo fuori dal finestrino, o almeno ci provavo. Perché la nostra auto, una Passat bordeaux segnata da scarpe infangate, gelati e succhi di frutta, che aveva trasportato borse e passeggini e milioni di buste della spesa, ecco, era cosí sporca che non è che dai finestrini si riuscisse proprio a guardar fuori. Diciamo che il mondo, fuori dalla Passat bordeaux, lo si doveva piú che altro immaginare: era un sogno, uno di quelli fatti all'alba poco prima di svegliarsi. E a me piaceva tantissimo.

Avevo cinque anni. Chiara sette. Alice due.

Stavamo tornando da casa della nonna, dicevo, o da chissà dove, e tutto lasciava presagire che la domenica sarebbe finita come le altre – doccia, divano, cartoni animati – quando all'improvviso, passando davanti al parcheggio vuoto di una fabbrica, papà sterzò come si sterza nei film per evitare un'esplosione, e ci entrò dentro. Saltammo oltre un dosso, sobbalzammo. Mamma si strinse alla maniglia della portiera e lo guardò di sbieco. Aspettai che dicesse qualco-

sa, qualcosa tipo: Che diamine ti prende, Davide? Invece
sorrise e bofonchiò: – Potevamo anche arrivare a casa…

Papà fece finta di nulla.

– Che succede? – chiese Chiara.

– Che succede? – chiesi io.

– …? – chiese Alice con gli occhi.

Mamma sbuffò strana e non rispose. Papà neppure.

Cominciammo a girare per il parcheggio come per cercare un posto, anche se ce n'erano, chessò, tipo duemila-
cinquecento. In tutto il piazzale si vedeva solo un vecchio
furgone, in fondo, sotto gli alberi, con due gatti sul cofa-
no. Papà continuò a guidare finché non si decise per una
piazzola in particolare; una in cui, di certo, doveva aver
notato qualcosa di speciale, perché inchiodò, fece manovra e ci si fermò dentro preciso. Spense il motore. Aprí il
finestrino. Un silenzio carico di mistero, odorante di mu-
schio penetrò nell'abitacolo. Uno dei gatti sul furgone aprí
un occhio, sbadigliò e restò in allerta.

– Perché ci siamo fermati? – chiese Chiara. Poi si guardò attorno con ribrezzo e aggiunse: – … qui?

– Si è rotta la macchina? – chiesi io.

– …? – chiese Alice con gli occhi.

I nostri genitori sospirarono e si rivolsero l'un l'altro
uno sguardo che non seppi tradurre; tra loro scorreva un'e-
nergia strana, un fiume di coriandoli luminosi.

Chiara si sporse in avanti, gli occhi tondi come cilie-
gie: – Allora?

Un corvo si posò sul selciato, papà lo studiò, sganciò la
cintura e si storse verso di noi, il volante conficcato nel
fianco. Mamma, con una smorfia, fece lo stesso. Trattenni il fiato. Li osservai senza capire. Di nascosto cominciai
ad agitarmi: cos'erano 'ste stranezze?

– Diglielo tu, Katia, – disse papà.

Mamma schiuse le labbra, ma non una sola parola si affacciò.

Papà annuí per farle coraggio.

Allora lei sospirò e: – Due a due.

Papà infilzò gli occhi nei miei: Hai visto?, disse con lo sguardo. Ce l'abbiamo fatta!

Fissai prima l'uno poi l'altra. Pensai: Ma che diavolo stanno dicendo?

Poi mamma si toccò la pancia, papà si sporse e sovrappose la mano alla sua, e a quel punto Chiara si coprí la bocca con i palmi ed esplose in un grido: – Non ci credo!

– A cosa? – dissi io, sempre piú agitato per il fatto che non capivo. – A cosa non credi?

– Siamo incinti? – strillo lei alzando le braccia e sbattendo i pugni contro il tettuccio.

– Be', tecnicamente, – disse papà, – l'unica a essere incinta è la mamma.

Strizzai il naso, pensai: Siamo incinti? Ma che accidenti... Poi la luce cominciò a farsi strada nella mia testa rotolando come uno skateboard giú per una discesa e sollevando polvere e foglie e rimbalzando contro le pietre e: *due a due* aveva detto mamma, *due a due*. Incinta. Figlio. *Fratello*. Due maschi. Due femmine. *Due a due*.

– Due a due? – urlai. – Due a due? – Spalancai la portiera, scesi dall'auto e mi inginocchiai a terra stringendo i pugni come avessi appena segnato un goal in rovesciata. Balzai in piedi e ruotai su me stesso. Girai attorno alla macchina correndo come un forsennato, raggiunsi mio padre e cercai di abbracciarlo infilandomi nel finestrino, ma ero troppo basso e riuscii solo a tirargli un orecchio, tanto forte che per un attimo ebbi paura di avergli fatto male. Tornai dentro, chiusi la portiera. Non riuscivo a respirare dalla gioia. – Avrò un fratellino? – dissi ansimando.

– Davvero avrò un fratellino quando nasce come si chiama dove dormirà possiamo iscriverlo a basket? – Ma nessuno mi stava ascoltando, perché Chiara si era stesa sul cambio per abbracciare mamma, Alice batteva le mani e papà si stava sciogliendo in una danza fatta di minuscole oscillazioni delle spalle. Avessimo attaccato una spina all'auto in quel momento, be', in quel preciso momento c'era di che illuminare il pianeta intero.

– Allora... è davvero un maschio? – urlai per farmi sentire.

– Un maschio, – annuí papà.

– Sicuri?

– Sicuri.

Chiara era felicissima, sí. Alice pure, certo. Ma io ero *decisamente* il piú felice di tutti. Stava per iniziare una nuova èra, un nuovo ordine mondiale: io e papà non saremmo piú stati in minoranza. Era una cosa... *gigantesca*. Tre maschi contro tre femmine. La *giustizia*. Niente piú votazioni sbilanciate per la gestione del telecomando, niente piú tempo perso nei negozi, basta vittorie facili su dove andare al mare o su cosa mangiare.

E poi: – La macchina sarà troppo piccola, – dissi. – Dobbiamo prenderne un'altra.

Chiara sgranò gli occhi e disse: – Ecco perché stiamo cambiando casa!

I nostri genitori avevano da poco cominciato i lavori per la ristrutturazione di una villetta: tutto tornava.

Dissi: – La voglio azzurra, la macchina.

Chiara: – Io la voglio rossa.

– Azzurra!

– Rossa!

– ...! – disse Alice con gli occhi, e applaudí senza capire, trascinata dall'euforia. Il sole era un tuorlo sul punto di liquefarsi, il gatto scese dal furgone e uno stormo di uccelli esplose via dagli alberi, disegnando in cielo le piú grandi figure.

– E come lo chiamiamo?
Fui il primo a porre la questione mentre mamma mi asciugava i capelli con il phon.
– Petronio, – urlò papà dal salotto masticando noccioline.
– Maurilio, – risposi io; chissà perché quel nome mi aveva sempre fatto ridere. Pensai che se mio fratello non fosse stato simpatico – cosa possibile, visto che il quoziente di simpatia dei fratelli non lo si può prenotare – ecco, con quel nome per lo meno mi sarei divertito anche solo a chiamarlo.
– Non se ne parla, – disse Chiara. – Lo chiameremo Pietro se è un maschio, Angela se è una femmina.
– Chiara... – sospirai paziente.
– Sí?
– Abbiamo già detto che *è un maschio.*
Lei sbuffò, facendo finta di nulla.
Pensai che avevo ragione io: le femmine non erano poi cosí contente del pareggio, e forse speravano ancora di capovolgere il risultato.
– Allora Pietro, – ripeté Chiara.
Ma Pietro non piaceva a nessuno e neppure Marcello, Fabrizio e Alberto. Proposi Remo in alternativa a Maurilio, ma non passò. Si provò con i nomi dei nonni e con quelli degli zii, ma niente. Parenti lontani, neppure quelli. Attori e cantanti – niet! Cosí la questione rimase sospesa. Io ci tenevo a sceglierli il nome giusto: sarebbe stato il nome di mio fratello. E poi doveva combinarsi bene con Mazzariol, che in Veneto, tra l'altro,

è il nome di un folletto dal cappello a punta e il vestito rosso che fa i dispetti a chi trascura l'ambiente; uno di quelli le cui storie gli anziani raccontavano nei fienili le sere d'inverno.

Ma nell'esuberanza dei miei cinque anni pensai che non è certo solo il nome, che ti segna. No no, altre cose ti rendono ciò che sei, ciò che sarai. I giocattoli, ad esempio. Per questo, non riuscendo a contenere l'emozione e volendo rendermi utile, il giorno dopo chiesi a papà di accompagnarmi a comprargli un regalo: avevo deciso di regalargli un peluche, il suo peluche di benvenuto. I miei non fecero storie e mamma, anzi, sembrò alquanto felice che mi levassi di torno; da quando ci avevano comunicato la notizia non avevo smesso un secondo di parlare. Cosí andammo nel mio negozio preferito, un vecchio negozio di giocattoli che mi piaceva perché tra tutti i negozi vecchi era l'unico che profumava di nuovo.

Mi serve un peluche *forte*, pensai, qualcosa che quando mio fratello lo vedrà sarà come se si stesse guardando allo specchio. I miei mi avevano abituato a controllare i prezzi, perché i soldi mica si trovano per strada, ma quella era un'occasione speciale e mi dissi che forse avrei potuto, ecco, sí, avrei potuto spendere anche un po' di piú: persino piú di dieci euro. Un sacco di soldi, pensai. Ma mio fratello, lui se lo meritava un peluche da piú di dieci euro.

Mi avvicinai allo scaffale. Mi concentrai sugli animali. C'erano dei conigli, dei gatti, dei cagnolini. No, pensai, non sarà uno che gioca con un coniglio, piuttosto sarà uno da leone, lui, o da rinoceronte, o da tigre, o da...

Poi lo vidi.

– Quello, – indicai a papà.

– Cos'è? – chiese prendendolo in mano.

Sbuffai per l'ignoranza e alzai gli occhi al cielo. – Un ghepardo, – dissi. E pensai: Come si fa a essere un adulto e a non riconoscere un ghepardo?

– Sei sicuro che vuoi questo?

– È *perfetto*, – risposi. E lo era. Il ghepardo. L'animale piú agile e veloce, maestoso, regale. Già lo immaginavo: mio fratello *il ghepardo*. Ci saremmo inseguiti per le scale, ci saremmo fatti gli agguati sui letti, avremmo lottato per la supremazia del bagno e, cosa piú importante di tutte, avremmo stretto alleanze: io e lui alla conquista del lettore dvd, dei biscotti al cioccolato, del campo da basket. Io e lui. Alla conquista del mondo.

Quella notte la trascorsi a sognare cosa avremmo combinato insieme, io e Ghepardo. Immaginavo la camera tappezzata di poster, le scritte sui muri. Avrei sempre avuto sei anni piú di lui, per tutta la vita; avrei fatto tutto con sei anni di anticipo. Gli avrei insegnato un sacco di cose: ad andare in bicicletta, *di piú*: ad avere a che fare con le ragazze, *di piú*: ad arrampicarsi sugli alberi.

Noi Mazzariol siamo straordinari arrampicatori di alberi. Da generazioni.

Fu per questo che, qualche settimana dopo, chiesi a papà se potevo accompagnarlo a visitare il cantiere della nostra futura casa e mi portai dietro un barattolo di semi che avevo meticolosamente raccolto a pranzo e a cena per tutta la primavera. Qualcuno mi aveva detto che se conservavi i semi e i noccioli della frutta e li piantavi, sarebbero nati degli alberi; e io mi ero messo a raccoglierli dai piatti. Quel giorno li portai con me. Erano *tantissimi*.

Mentre papà parlava con gli operai, senza farmi vedere, feci il giro della casa, svitai il coperchio del barattolo e sparsi a pioggia i semi in quello che sarebbe diventato il giardino; li schiacciai, li coprii di terra, insomma, feci tutto quello che pensavo andasse fatto perché attecchissero. Quindi tornai indietro, sgattaiolai nel sedile posteriore e mi misi ad aspettare.

Ma ecco.

Subito mi venne questa paura terribile che forse ne avevo messi troppi e tutti vicini, e che un giorno gli alberi sarebbero cresciuti gli uni attorcigliati agli altri, contro la casa, persino dentro, e ci saremmo ritrovati a vivere in una foresta.

Quando papà finí di fare ciò che doveva ed entrò in macchina, accese il motore e mi gettò un'occhiata dal retrovisore. Vidi che aggrottava le sopracciglia. – Qualcosa non va?

Papà ha sempre avuto una specie di sesto senso per i miei pasticci.

Ma a quel punto il pensiero dei muri divelti dai rami era stato sostituito da quello di me e Ghepardo che vivevamo nella piú fantasmagorica delle case-foresta. Anzi, in una casa sugli alberi.

– No, no, – risposi. – Tutto bene.

Mi sfregai la mani contro le cosce. Lui mise in moto e partí.

Il pensiero della casa sugli alberi, quella sera, me lo portai a letto; e mi tenne compagnia fino all'alba.

Poi venne il nome. E venne al supermercato, perché è giusto cosí.

Eravamo andati a fare la spesa, tutti e cinque insieme. Ci aggiravamo tra le corsie con i carrelli. Frutta, cereali, detersivi. La radio diffondeva una musica esotica e mentre Chiara e io imitavamo una danza hawaiana vista in televisione, papà cercava di infilare nel carrello, senza che mamma se ne accorgesse, stecche di cioccolato, mandorle e biscotti al burro.

– Perché non Giacomo jr? – dissi interrompendo la danza.

– Scusa? – fece mamma.

– Intendo... il nome del fratellino. Giacomo jr. In fondo sono suo fratello maggiore. Avrò pure qualche diritto in tal senso, no?

– No.

– Come *no*?

– Non voglio nomi stranieri.

– Giacomo non è straniero.

Mamma alzò gli occhi al cielo.

– Giacomo Secondo, allora? Giacomo il Piccolo? Giacomo il Giovane?

– Piantala.

– Almeno che cominci con la G. È possibile un nome che cominci con la G? Insomma, vorrei che si capisse che siamo fratelli. È un gesto d'amore, il mio... – Giunsi le mani sul petto e feci gli occhi da cucciolo, boccuccia triste e tutto quanto. Chiara finse di vomitare nel carrello. – Gualtiero? Giancarlo, Gastone, Gilberto, Giuseppe, Girolamo...?

– Sono orribili, – disse Chiara.

– Già, – disse mamma.

– Ghepardo, allora! Possiamo chiamarlo Ghepardo?

Ma a quel punto avevano smesso di ascoltarmi e si erano messe a discutere su dove fosse finito papà, che di solito approfittava dei nostri momenti di distrazione per andare dai tizi che distribuivano assaggini e, fingendo di essere interessato all'acquisto, spazzolava i vassoi che nemmeno un naufrago.

Arrivammo al bancone dei formaggi. Io stavo comincian-
do a sudare. Avevo paura che non ci saremmo mai messi
d'accordo, che ci saremmo arresi e alla fine avremmo deciso di non chiamarlo. Un bambino senza nome. *Lui*, per
le maestre. *Tu sai chi*, per i compagni. *Egli* o *ehi tu*, per il
futuro datore di lavoro.

– Ehi, voi due, cosa preferite, – chiese mamma, – moz-
zarella o stracchino?

– Lo stracchino, – disse Chiara. – Quello di Nonno Nanni.

E fu allora che: – Giovanni! – gridai. Mamma e Chiara
si voltarono. – Mio fratello Joe!

Mamma storse il naso.

– No, scusa, intendevo Gio con la *g*, non Joe. Giovanni. Mio fratello. Che ne dite?

– Giovanni mi piace, – disse Chiara, che secondo me
era d'accordo solo perché era stata lei a scegliere lo stracchino.

– Be', anche a me, – annuí mamma, e aveva un'espressione come a dire: Ma com'è che non ci abbiamo pensato prima?

Cosí, in quel momento, nella corsia dei formaggi del
supermercato, circondato da provole e robiole, una musichetta nelle orecchie e nostro padre scomparso a caccia di
cibo, il destino del nome di Ghepardo fu deciso. Il destino, nello stracchino.

A quel punto pensai che non c'era piú molto da fare.
Primo, avevo comprato il ghepardo peluche che gli avrebbe indicato la sua vera natura. Secondo, avevo scelto il
nome. Che altro restava? Nulla. Aspettare. Il pancione di
mamma cresceva, la casa cresceva, la foresta in giardino
ancora no, ma c'era tempo. Il mondo mi sembrava dispen-
sare meraviglia a sufficienza.

E invece.

E invece un giorno, una domenica – di nuovo una domenica – tornando da non so dove, forse sempre da casa di nonna, passando di fronte al solito parcheggio deserto, papà sterzò di colpo e ci si buttò dentro alla ricerca di una piazzola che, come l'altra volta, possedesse quella qualità indispensabile ad accogliere tanto la Passat bordeaux quanto un nuovo annuncio.

– Di nuovo? – disse Chiara.

– Di nuovo? – dissi io.

– ...? – disse Alice con gli occhi.

Per un secondo pensai: Sta a vedere che sono due gemelli. Oppure... Sbarrai le palpebre. No, non è possibile... Papà individuò la piazzola, fece manovra, spense il motore. Slacciò la cintura. Mamma fece lo stesso. E prima di dare loro il tempo di parlare implorai: – No. Vi prego. Non ditemi che vi siete sbagliati. Non ditemi che è una femmina!

– No, – disse mamma, con un sorriso particolare che mi rincuorò, – non ci siamo sbagliati.

Tirai un sospiro di sollievo; a quel punto potevano dire qualsiasi cosa, qualsiasi.

– E allora perché siamo di nuovo in questo parcheggio? – chiese Chiara.

Mamma e papà si guardarono come l'altra volta – ma non *esattamente* come l'altra volta – e tra loro si innescò quella corrente, con i coriandoli colorati eccetera, ma d'un colore diverso. Era come se stessimo riprovando la scena. Il regista aveva detto: Va bene, va bene, ma serve piú pathos, ci siamo capiti? Voglio la vita, quella vera. La rabbia e la gioia. Il passato e il futuro. Il caldo e il freddo. Ficcateci dentro tutto. E di ogni cosa il suo opposto.

Ciak.

Ed eccoci qui.

Il furgone arrugginito non c'era piú, al suo posto un rimorchio azzurro coperto da un telo. Nessun gatto nei paraggi, due corvi che giocavano a rimpiattino. Era una giornata estiva, il sole si faceva strada oltre uno strato farinoso di nuvole e sui rami degli alberi tremolavano le foglie. Passò una macchina, la radio a palla, i bassi pompati. Mamma attese che la musica svanisse, poi: – Abbiamo una cosa da dirvi... Riguarda vostro fratello.

Papà le strinse la mano.

– Vostro fratello... – disse, e fece una pausa. – Ecco, vostro fratello sarà... speciale.

Io e Chiara ci scrutammo l'un l'altra muovendo solo gli occhi.

– Speciale? – disse lei.

– In che senso speciale? – chiesi io.

– Nel senso, – disse papà, – che sarà... diverso. Affettuoso, anzitutto. Molto. Moltissimo. E poi sorridente e gentile. E tranquillo. E con i suoi, ecco, diciamo con i suoi *tempi*.

Sollevai un sopracciglio: – I suoi tempi?

– E altre cose sue speciali che ancora non sappiamo, – sorrise mamma.

– Quindi è una buona notizia? – chiese Chiara.

– Non è *solo* una buona notizia, – disse papà serio. Aggrottò la fronte in un modo buffo e la macchina cominciò a gonfiarsi e a sgonfiarsi come se stesse respirando con noi. – È molto di piú, – disse. – È una notizia travolgente –. Poi si girò e accese la radio.

Ecco.

In quel momento la cosa che mi stupí – ciò che mi è rimasto impresso di quel giorno – è la faccenda della radio. Papà non ha mai ascoltato molta musica, però ha questa passione per Bruce Springsteen: a chiederglielo, direbbe che ogni cosa che si può dire sulla vita o sulla morte, sull'amore o sulle scelte, è già stata detta da una canzone di Bruce Springsteen. Cosí accese la radio e dagli amplificatori sfiatò il suono graffiante di un'armonica a bocca e la macchina si riempí di malinconia. Springsteen cominciò a cantare. *The River*. E anche se non capivo nulla di quello che diceva – neppure sapevo fosse *The River*, la canzone – ecco, pur non capendo nulla, mi sentii trascinato via da un torrente di emozioni. Non saprei dire perché, ma ricordo, e lo ricordo con un'intensità inequivocabile, che avrei voluto abbracciare tutti. E forse, in qualche modo invisibile, lo stavo già facendo. Mio padre perché era mio padre. Mia madre perché era mia madre. Le mie sorelle... be', sí, insomma, avrei abbracciato persino loro. Per qualche motivo.

Qualcosa di straordinario stava per capitare.

Quella notte sognai un bambino-ghepardo con i superpoteri. Se era speciale, forse aveva dei superpoteri. *Uau*, pensai nel sogno. Mio fratello sapeva volare. Mio fratello aveva tre anni ed era velocissimo, aveva i bicipiti di un culturista e le spalle di un giocatore di rugby. Io ero intrappolato in un incendio e lui s'infilava tra le fiamme per tirarmi fuori. Un gruppo di terroristi di quarta – della quarta B, per essere precisi – mi aveva preso prigioniero e lui sfondava il muro per salvarmi e non si faceva niente, come se le sue ossa fossero rivestite di adamantio (come quelle di Wolverine, per chi non lo sapesse). Stavo per essere sbranato da un orso e lui, *zac*, arrivava, mi sollevava e mi portava in salvo; poi tornava dall'orso con una bistecca. Per farlo felice. Mio fratello era luce, atomi, imprevedibilità. Mio fratello schivava i proiettili e le frecce gli rimbalzavano contro il petto. Ma non solo. Tardava nel salvare il presidente degli Stati Uniti per tirare giú un gatto da un albero. Si gettava in un fiume per recuperare una barchetta di carta. Raccoglieva macchinine cadute nei tombini.

Ecco.

Era uno speciale, lui. Con la tutina attillata e la *s* di *speciale* sul petto. Tre anni. I capelli *gellati*, gli occhi da Bambi e gli addominali di un wrestler. Lui non parlava: faceva. E piú passavano i giorni piú la mia mente arricchiva la parola *speciale* di sfumature, ciascuna corredata da un unico, pungente dubbio: perché diavolo sarebbe nato cosí?

– Mamma?

– Sono qui.

Entrai in cucina con il bloc-notes su cui, con l'aiuto di Chiara, avevo scritto una serie di domande. Eravamo solo noi, senza Chiara e senza Alice, non ricordo dove fossero. Mamma stava tagliando i pomodori, li gettò nella ciotola trasparente; prese la cesta del pane e la posò in tavola. Dalla radio fioriva una musichetta allegra, infantile.

– Allora? – disse lei.

– Ecco... cos'hai mangiato il giorno prima che ti dicessero che aspettavi Giovanni?

Mamma, che stava aprendo il frigorifero, si fermò con una mano sulla porta. – Scusa?

In quel momento entrò papà. – Che succede? – La raggiunse, la cinse da dietro e le diede un bacio sulla guancia. – Stiamo per metterci a tavola? Cos'è quel bloc-notes, Jack?

– Domande.

– Su cosa?

– Mio fratello.

– Tuo fratello?

– Sui suoi poteri speciali.

– Cosa vuoi sapere?

– Perché.

– Perché cosa?

– Perché li ha.

Papà mugugnò e tirò indietro le braccia per sgranchir-le, sentii il rumore di un ramo secco che si spezza. – Capisco, – disse. – E quali sono queste domande?

– Be'… – guardai il bloc-notes. – Ho chiesto a mamma cos'ha mangiato la sera prima che le hanno detto che avrebbe avuto Giovanni.

– Giusto, – papà si voltò. – Cos'hai mangiato la sera prima che ti hanno detto che avresti avuto Giovanni?

Mamma si grattò la testa. – Non saprei. Pasta, credo. E forse del radicchio.

Annuii e feci finta di scrivere sul bloc-notes, cosa che ovviamente non sapevo fare visto che avrei iniziato la prima elementare solo l'anno seguente. – E tu, – indicai papà, – tu quanto pesi?

– Ottanta chili.

– Ma va là… – sbottò mamma.

– Ottanta chili, – ripete lui, serafico.

– E dov'eri quando mamma ti ha detto di Gio?

– In camera nostra.

– In camera vostra. Interessante. E mamma, di cosa parla l'ultimo libro che hai letto?

– È la storia di un…

– Occhei, sí sí, e finisce bene?

– Sí.

– Come pensavo, – dissi facendo ampi movimenti con la testa e segnando crocette accanto alle domande.

Mamma prese l'insalata e la distribuí nei piatti. – Possiamo mangiare adesso?

– Un'ultima cosa. È la piú importante. Sei andata a correre ultimamente?

– Giacomo, ma ti pare? Con questa pancia?

– A passeggiare?

– Sí.

– Con chi?

– Con Francesca.

– La mamma di Antonio?

– La mamma di Antonio.

Sgranai gli occhi. – Sei andata a passeggiare con la mamma di Antonio?

– Sí, perché ti...

– La mamma di Antonio ha appena avuto un figlio, vero?

– Sí.

– Quello nato con i capelli biondi e gli occhi azzurri nonostante in famiglia abbiano tutti i capelli e gli occhi neri?

– Sí.

– Questo posso spiegartelo io... – disse papà inarcando le sopracciglia, un sorrisetto strano messo di traverso sulla faccia.

Mamma lo fulminò con lo sguardo, ma io non stavo piú prestando attenzione. Non poteva essere una coincidenza. Era andata a passeggio con una che aveva appena avuto un figlio *diverso*. Doveva senza dubbio avere qualcosa a che fare con i poteri di Giovanni. Forse era qualcosa che le mamme si trasmettevano di nascosto passeggiando. O parlando. O magari anche solo con lo sguardo. Era una questione di movimento – di velocità? O c'entravano il luogo e la stagione? La testa era un flipper pieno zeppo di palline: ogni pallina un pensiero. Mi sedetti a mangiare e mi servii due volte d'insalata, gli occhi fissi incastrati in un punto lontanissimo da tutto, oltre il tempo e oltre lo spazio. Era piena di misteri, la vita.

Di notte, nei sogni, sia quelli a occhi aperti sia quelli a occhi chiusi, immaginavo mio fratello chiuso dentro un pacchetto – carta regalo, fiocco, eccetera. Ero seduto sul divano e lo tenevo sulle ginocchia. È il momento migliore, quello: quando hai il pacchetto tra le mani e non l'hai ancora aperto. In quell'istante tutto è possibile. Una volta che lo apri, be', il contenuto è quello che è: se ti piace bene, se non ti piace pazienza. Ma quando ce l'hai tra le mani, il pacchetto, e lo tocchi, e lo soppesi, e cerchi di capire cosa contiene (e non lo sai), ecco: che meraviglia! Certe volte viene da pensare che è quasi meglio non aprirli, i pacchetti. Che è meglio continuare a sognarci sopra.

Ma non funziona cosí.

E poi, in fondo, c'è tutta una gioia speciale che deriva proprio da quello: dall'aprirlo e dall'esporsi al mistero.

Di giorno guardavo il pancione di mamma e pensavo che dentro c'era lui, Gio. Pensavo che lo avrei chiamato cosí per il resto della mia vita, durante i litigi e durante i complotti, per farlo venire a pranzo e quando avrei avuto bisogno di aiuto. «Ehi, Joe!» lo avrebbero chiamato tutti, come nella canzone di Jimi Hendrix. Ed ero sicuro che tutti lo avrebbero chiamato molto, perché sarebbe stato uno di quelli che ti fa piacere avere intorno. Toccavo il pancione di mamma e lo annusavo e avvicinavo gli occhi fino a scorgere la trama della pelle tesissima; appoggiavo l'orecchio e aspettavo che scalciasse.

Intanto, il mondo attorno a me – a *noi* – stava cambiando. Una casa nuova, una macchina nuova e persino un lavoro nuovo per papà. Giovanni si stava trascinando dietro un oceano di novità. Era una scintilla, e noi ci saremmo lasciati incendiare.

Nella casa nuova – la nostra villetta monofamiliare con giardino, *quel* giardino, quello che monitoravo di continuo in attesa di vedere spuntare i germogli della foresta, ci siamo trasferiti i primi di dicembre. Il giorno del trasloco feci il giro di ogni singola stanza: le camere da letto al piano di sopra, i bagni, la cucina, la sala. Strisciai le dita sui muri. Scesi in taverna a curiosare nel camino. C'era odore di legno e vernice.

Andai a cercare il ghepardo peluche nelle scatole e lo misi subito al sicuro in un armadio.

La casa cominciò a riempirsi della nostra vita, e l'odore di legno e vernice venne sostituito da quello della famiglia, dei giochi, del cibo. Dell'inverno. Faceva freddo. Nevicò persino un paio di volte, ma poco. Alle pareti avevamo appeso i quadri e le foto. Mi arrotolavo tra le coperte sul divano. Non c'era piú Luca, il mio vicino di casa, ma lí intorno avevo già intravisto altri bambini.

Un giorno entrai in cucina e vidi una foto di noi cinque: mamma e papà, Chiara, Alice e io, e avevamo un'aria cosí allegra. Non possiamo far trovare a Giovanni questa foto, pensai. Se la vedesse e pensasse che eravamo felici anche senza di lui?

Cosí la presi, andai in camera a recuperare un pennarello rosso dalla cartella e mi sedetti al tavolo. Disegnai accanto a noi, sulla sinistra, un ometto stilizzato. Gli disegnai una faccia tonda con un sorriso che andava da orecchio a orecchio. La rimisi a posto e stetti lí a osservarla, finché non mi accorsi che mancava qualcosa. La presi di nuovo e sulle spalle di Giovani disegnai un mantello. Da supereroe.

Era il sette dicembre.

Lo ricordo perché Gio nacque quel pomeriggio.

Centottanta pupazzi

Ed eccolo qui. Nella nuova culla. Nella nuova famiglia. Nel vecchio vestitino giallo che prima di lui aveva accolto Chiara, poi me, poi Alice. Dalla coperta uscivano la testolina, in alto, e un piede, in basso – e fin qui tutto bene: ogni cosa era al suo posto – ma quella testolina e quel piede raccontavano una storia che avrei compreso un poco alla volta. Ero accanto a lui, con il ghepardo che gli avevo comprato, ma che invece di mettergli nella culla tenevo stretto sotto l'ascella perché... be', a dirla tutta non lo so perché.

– Da dove arriva? – chiesi a mio padre, sussurrando.

– In che senso da dove arriva?

– Non è di questo pianeta. È evidente.

– Te l'avevamo detto, – disse lui, stringendomi la spalla con una mano cosí calda e ferma che con quella mano sulla spalla, giuro, sarei stato capace di andare ovunque nel mondo, affrontare qualunque cosa. – L'avevamo detto che era speciale.

Annuii.

Anzitutto gli occhi. Gli occhi erano cinesi, o venusiani forse, non sapevo decidermi; o di qualche altro pianeta con cristalli luminosi che sbucavano dalla sabbia e dieci lune viola nel cielo. Anch'io ho un taglio degli occhi un po' orientale, in questo si vede che siamo fratelli, ma i suoi erano proprio *tanto* orientali. E poi la nuca. La nuca era piatta come una pista di atterraggio per microscopiche navicelle spaziali; se si fosse messo a quattro zampe potevi usarla come vassoio. Ma nulla mi colpí come le dita del piede che era scivolato fuori dalle coperte e che muoveva con scatti elettrici. Perché di dita, Giovanni, in quel piede, ne aveva quattro. O meglio, s'intuiva che potenzialmente erano cinque, ma il quarto e il quinto – il *minolo* e il *pondolo* – erano fusi insieme. Come due Kit Kat.

– E l'altro... – dissi indicandolo, – anche l'altro piede è cosí?

– Sí, – disse papà. – Buffo, vero?

Scrollai le spalle. Non lo sapevo se era buffo. A dire il vero mi faceva un po' impressione. Ma in fondo, pensai, anche il mio migliore amico, Andrea – per essere esatti, quello che era appena tornato a essere il mio migliore amico dopo un periodo di esilio; era colpevole di aver convinto Lavinia, una nostra compagna, a dichiararsi fidanzata sua e non mia – ecco, lui, tanto per dirne una, non aveva i lobi: le orecchie gli sbucavano dalla testa tese e compatte. Siamo tutti fatti diversi, pensai, e il fatto di avere un dito in meno magari avrebbe permesso a Giovanni di calciare il pallone con maggiore precisione, come accade con le scarpe da calcio senza cuciture. Siamo fatti diversi e la diversità a volte può essere un gran vantaggio. Pensai a quegli angeli caduti sulla terra che devono nascondere le ali sotto i cappotti di lana. A Scott Summers, quello degli X-Men detto Ciclope, costretto a indossare sempre un paio di occhiali da sole. Giovanni avrebbe usato calze e scarpe come tutti, salvo poi togliersele nel bel mezzo di una partita, al momento giusto, per scattare al limite dell'area e colpire la palla in quel modo suo, speciale, lasciando il portiere attonito. Presi il ghepardo da sotto l'ascella e lo alzai per farglielo vedere: glielo misi proprio davanti agli occhi.

– Devi aspettare qualche settimana, – disse mamma.
– Adesso non vede ancora.
   – È pure cieco?
Rise. – Tutti i bambini appena nati lo sono.
   – Davvero?
   – Già.
Rimasi impassibile. Avvicinai il ghepardo un po' di piú.
Feci finta che gli desse un bacio sul naso.

A ogni modo, il fatto che fosse cinese o che provenisse da
un pianeta orientale era ciò che mi eccitava maggiormente.
I giorni successivi, ogni volta che mamma e papà lo lasciavano incustodito, ne approfittavo per rivolgermi a lui in *ci-
no-giappo-coreano*: producevo con la bocca suoni prolungati
composti soprattutto da vocali. Mi ci piazzavo davanti,
lo fissavo, stiravo un sorriso plastico da orecchio a orecchio,
e cominciavo a modulare litanie simili a frequenze radio.
   Un giorno papà mi arrivò alle spalle di soppiatto. – Sei
impazzito? Che stai facendo?
   Abbassai la voce senza farmi disturbare dalla sua igno-
ranza. – Tento di comunicare, – dissi.
   – E ci riesci?
   – Sarà un lavoro lungo.
   – Già.
   – Prima ha reagito.
   – Davvero?
   – Sí.
   – Cos'ha fatto?
   – Si è infilato un dito nel naso.
   – Oh!
   – Lo ha fatto mentre usavo la *u* e la *a*. In questo mo-
do... – e feci: – Uuu-aaa-uuu-aaa.
   Gio scoppiò a ridere e s'infilò il dito nell'orecchio.

– Visto?

– Quindi, – disse papà, – dici che la *u* e la *a* hanno a che fare con l'infilarsi il dito in un buco del corpo?

Annuii eccitato. – Non è fantastico?

– Continua, – disse lui. – Non ti arrendere.

Iniziai a pedinarlo. Ero stramaledettamente affascinato dal mio fratello speciale e tentavo di capire in cosa consistesse davvero la faccenda. Appena mia madre lo abbandonava un secondo sul passeggino o in qualche altro aggeggio predisposto per contenerlo, appena lei si voltava per fare qualcosa, riordinare un cassetto o chessò io, calavo su di lui come un satellite spia di *Guerre Stellari*.

– Posso farti una domanda? – chiesi a mamma un pomeriggio che fuori stava nevicando. Lei era nel bagno blu – il bagno dei grandi, il bagno proibito ai figli, quello dove papà si sbarbava e lei si metteva le creme – io ero sdraiato sul letto, la mano a sostenere la guancia, a osservare Gio come al solito.

– Certo.

– Ma perché lo avete fatto cosí?

– Cosí come?

– Cinese.

– È che ce l'hanno offerto sudamericano o orientale, e oggi, sai, vanno di moda le lanterne rosse, i motivi floreali, il sushi –. Mamma si affacciò dal bagno. – Lo preferivi messicano?

Mi lasciai crollare sul cuscino, sbuffando.

– E poi, scusa, – continuò lei, – non hai condotto quella ricerca sul perché Gio era speciale? Ti ricordi? Le domande che hai rivolto a me e a papà... cos'avevo mangiato il giorno prima, se ero andata a passeggiare con la mamma di Antonio... Allora?

– Allora cosa?

– Non hai scoperto nulla?

– Poco, – dissi.

Mamma uscí dal bagno e aprí la cassapanca per prendere gli asciugamani. – Giacomo… – disse, con quella voce dolce e profonda al tempo stesso che mette su quando c'è della verità vera in quello che sta per dire, – nella vita ci sono cose che si possono governare, altre che bisogna prendere come vengono. È talmente piú grande di noi, la vita. È complessa, ed è misteriosa… – Mentre lo diceva aveva gli occhi che luccicavano: lei ha sempre questi occhi pieni di stelle quando parla della vita, anche oggi. – L'unica cosa che si può sempre scegliere è amare, – disse. – Amare senza condizioni.

In quel momento Chiara entrò in camera e venne a sedersi sul letto accanto a me. – Anche il suo catarro? – chiese inserendosi nel discorso. – Perché amare il suo catarro, insomma… di notte quando dorme sembra un aereo che decolla. Dico, avete presente? – E fece il gesto con la mano.

E in effetti era vero, dalla culla di Gio, di notte, proveniva sempre una specie di rombo, ma certo non era un problema per lei, Chiara, che avrebbe dormito sulla mezzeria d'una sopraelevata. La guardai ostile. Non per qualcosa in particolare. Giusto per un fatto di alleanza maschile.

– E la lingua, – disse Alice, che era sgattaiolata in camera senza farsi vedere e ci aveva fatto una specie di agguato da dietro il letto. – Perché ha sempre la lingua fuori?

In effetti anche quello era vero: mostrava sempre la lingua. Pensai che forse era troppo lunga per la sua bocca. Forse sarebbe stato il primo Mazzariol in grado di usarla per toccarsi la punta del naso. Noi eravamo scarsi, in quello. Non potevamo essere sia arrampicatori di alberi, sia toccatori di nasi con la lingua. Sarebbe stato eccessivo.

– Accidenti! – esclamò mamma controllando l'orologio.
– È tardissimo. Dobbiamo andare. Chiara, vai a preparar-
ti. Alice, anche tu.

E uscirono dalla stanza.

Non ricordo cosa dovessero fare e perché io non dovessi
seguirle, ma so che rimasi solo con Giovanni. Mi voltai, lo
guardai fisso e lui d'improvviso spalancò gli occhi come non
gli avevo mai visto fare. Agganciò lo sguardo al mio. In quel
momento sentii un'eco nella testa, una voce che proveniva da
dentro un pozzo, che diceva: Capisco tutto quello che dite.

Mi sollevai di scatto. – Sei tu? – chiesi.

Capisco tutto quello che dite, disse di nuovo la voce.

– Sai comunicare con il pensiero?

Parlate pure di me, disse la voce. Basta che parliate.
E rise.

A mamma piace leggere. Per casa ci sono libri ovunque:
sul tavolino del salotto, in cucina, sui davanzali. Persino
in bagno. Ma di solito è il comodino quello che rischia di
crollare sotto il peso delle storie che ci accumula. Con il
tempo nomi come Hesse, Marquez, Orwell mi sarebbero diventati familiari, ma a sette anni percepivo solo lo
spessore della costa, il colore delle copertine, il fatto che
raramente ci fossero figure. Sono sempre stato attratto dai
libri. Credo che l'amore per i libri si trasmetta da genitore
a figlio nell'aria e nel cibo, oltre che con l'esempio. Insomma, mi capitava spesso di prendere in mano uno dei libri
che mamma lasciava in giro, giusto per balbettarne il titolo, passare un dito sulla carta, o a volte annusarne l'odore.

Per questo motivo mi accorsi di quello.

Aveva la copertina blu, un blu mogio e polveroso, e
l'avevo intercettato già diverse volte, in camera da letto o sulla poltrona in salotto. Cosí, un giorno che stavo

ciondolando per casa, finii per avvicinarmi e prenderlo in
mano. Lessi l'autore, uno straniero, e il titolo, che conte-
neva anch'esso una parola straniera, e che quella parola
era straniera lo sapevo perché c'era la lettera *w*. Noi non
abbiamo tante lettere *w* o *x* nella lingua italiana, pensai.
La parola era *Down*. La lessi pronunciandola: *dovn*. Prima
di quella c'era la parola *sindrome*. Non sapevo cosa volesse dire sindrome, non sapevo cosa volesse dire Down. Lo
aprii e, come sempre accade quando ci sono delle pagine
piú spesse, il libro si spalancò su una fotografia.

Sgranai gli occhi. È Giovanni, pensai.

No, non era Giovanni. Ma qualcuno che gli assomigliava
tantissimo – quegli occhi, quella testa, quella bocca. Non era
Gio ma era senza dubbio uno che veniva dal suo pianeta.
Forse, pensai, stavo per scoprire il segreto di mio fratello.
Continuai a sfogliare le pagine del libro senza capire nulla,
tranne che era un libro di medicina. La parola *malattia* si
infilò nella mia testa. Sindrome significava malattia, o una
cosa simile. Mi grattai la tempia. C'era qualcosa che mi
sfuggiva. Presi il libro e andai in cucina.

Mamma stava affettando i peperoni sul tagliere con
piccoli colpi secchi del coltello. Papà, seduto al tavolo,
leggeva il giornale pescando mandorle da una ciotola.
Accanto a lui c'era Chiara che faceva i compiti. Entrai
e posai il libro sul tavolo, sbattendolo pure un pochetto,
come a dire che si trattava di roba importante, che smet-
tessero di fare quello che stavano facendo e mi ascoltas-
sero. Papà sollevò gli occhi dal giornale e rimase con la
mano a mezz'aria sopra la ciotola delle mandorle. Chiara
smise di scrivere sul quaderno. Mamma di tagliuzzare.
Un pezzetto di peperone cadde sul pavimento.

Cercai nelle tasche la voce piú profonda che avevo – che
a sette anni non è poi molta – e dissi: – Cos'è questo?

Papà finse di pensarci, poi esclamò: – Un libro! – e lo disse come fosse una cosa intelligentissima.

Chiara sghignazzò.

– Lo so che è un libro. Ma è un libro che parla di Giovanni. Ci sono foto di persone che assomigliano a Giovanni. Cosa vuol dire sindrome? Cosa vuol dire *dovn*?

– *Daun*, – mi corresse Chiara.

– Quello. Cosa vuol dire?

– È ciò di cui soffre tuo fratello, – disse mamma continuando ad affettare. – Una sindrome scoperta da un medico inglese che si chiamava cosí, John Langdon Down. Di sicuro c'erano anche prima persone con quella sindrome, ma è grazie a lui che hanno un nome.

– Ma è una malattia?

– Sí, – disse papà.

– Giovanni è malato?

– La sindrome di Down è una malattia. Giovanni ha la sindrome di Down. Quindi non posso che risponderti che sí, possiamo sostanzialmente dire che Giovanni è malato, ma…

Mi voltai verso Chiara: – Tu lo sapevi?

Lei fece sí con la testa.

Mi sentii offeso e tradito.

Papà si allungò attraverso il tavolo e fece per prendermi le mani. Io le sfilai come se mi fossi scottato. – Perché non me lo avete detto? Perché sono piccolo?

– No, non te lo abbiamo detto perché non è questo il punto.

– E qual è il punto?

– Il punto, Giacomo, è che Giovanni è Giovanni. Non la sua sindrome. Lui è sé stesso. Ha un carattere, dei gusti, dei pregi e dei difetti. Come tutti noi. Non ti abbiamo mai detto della sindrome perché noi stessi non pensiamo a Giovanni in questo modo. Non è la *sindrome*, – e fece le virgolette con le dita, – che occupa i nostri pensieri. Ma Giovanni. Non so se mi sono spiegato.

Lo guardai senza rispondere. Si era spiegato? Non avrei saputo dirlo. Non avrei saputo neppure dire se ero preoccupato. Se non erano agitati loro per la malattia di Giovanni, perché avrei dovuto esserlo io? E loro no, non mi sembravano affatto agitati. Anzi. C'era una quiete particolare in quello che dicevano e in come lo dicevano, per non parlare degli sguardi, del modo di muovere le mani. – È quella questione del tempo? – dissi all'improvviso.

Papà corrugò la fronte.

– Ce lo avete detto quando avete detto che era speciale. Che avrebbe avuto dei tempi suoi. C'entra il tempo, in questa storia?

– Anche quello, – disse mamma. – Sarà un po' piú lento a imparare le cose.

– Marco ha la sindrome di Down? – dissi facendo riferimento a un mio compagno di classe che non aveva ancora imparato l'alfabeto mentre io sapevo recitarlo anche al contrario.

– No. Non hai amici con questa sindrome, Giacomo. Se li avessi, li riconosceresti anche dal viso e tutto il resto.

– Gli occhi orientali?

– … ad esempio.

– E poi?

– Poi cosa?

– La malattia, intendo, starà male?

– Sarà un po' piú debole di salute.

– Cos'altro?

– Parlerà in un modo strano.

– La pronuncia?

– Non solo. Faticherà a esprimersi come ti esprimi tu, tanto per dirne una.

– Poi?

– Non riuscirà ad andare in bici senza rotelle, – disse papà.

– Davvero?

– Davvero.

– Arrampicarsi sugli alberi?

– Temo di no.

Sbarrai gli occhi, sconvolto. Sospirai.

– In generale, – disse mamma, – significa solo che avrà bisogno di un briciolo d'aiuto –. Dal gancio sopra il lavello prese lo strofinaccio e lo usò per pulirsi le mani. – Giusto un briciolo –. E sembrò che lo stesse dicendo piú a sé stessa che a me.

– Sarà un po' in ritardo... – disse Chiara, che fino a quel momento era rimasta in silenzio ad ascoltare, mentre con la punta della matita tracciava sul foglio minuscole spirali.

– Anche noi ieri siamo arrivati dai nonni in ritardo, – dissi.

– Non in quel senso.

– E in che senso?

Papà, che le era seduto accanto, le si gettò contro per farle il solletico. – Come un treno sui binari, – disse. *Ciuf ciuf ciuf* e con le dita le risalí la pancia e il petto, fino al collo. Chiara rise e si contorse. – Giovanni avrà bisogno dei binari proprio come un treno, e i suoi binari saremo noi. E se sarà in ritardo, pazienza. In fondo se su quel treno sei seduto accanto a una bella ragazza bionda e con... – e fece dei gesti con le mani a conca.

Mamma gli arrivò da dietro e gli diede uno scappellotto.

Papà rise. Chiara rideva. E allora cominciai a ridere anch'io. C'era odore di ragú nell'aria e fuori l'inverno che spingeva contro le porte; un sacco di domande nella testa e nella pancia un calore strano. Ero consapevole di non sapere tutto quello che avrei poi capito in futuro, ma anche che non era importante. Eravamo insieme. E per il momento era tutto quello di cui avevo bisogno.

Un pomeriggio, qualche tempo dopo, il campanello di casa suonò tre volte. Ricordo che c'eravamo solo io e papà. Io stavo finendo i compiti, lui leggeva le offerte del volantino del supermercato; ora eravamo in sei, e tenendo conto che l'unico a lavorare era lui, bisognava fare attenzione alle spese, cosí papà aveva preso a studiare l'andamento dei prezzi nei vari supermercati come altri studiano il fluttuare dello spread, il prezzo dell'oro o l'aumento della produzione di caffè in Costa Rica. In fondo, è laureato in Economia. In ogni caso, il campanello suonò e urlai: – Vado io! – E corsi ad aprire.

Mi affacciai dal portico. In strada c'era un furgone giallo e davanti al furgone un tizio con un cappellino da baseball, un bloc-notes in una mano e una penna nell'altra.

– Mazz... Mazzariol? – disse scrutando i fogli.

– Sí.

– Pannolini.

– Scusi?

– I vostri pannolini.

Drizzai la schiena come se un'ape stesse per pungermi sul naso. – Pannolini? – ripetei tra me e me. Dissi: – Aspetti un secondo –. Corsi in cucina. – Papà...

– Che c'è?

– Pannolini.

– Cosa?

– Fuori c'è un furgone con un tizio che dice che ci sono dei pannolini per noi.

– Dei... Oh! – E s'illuminò. – Ma certo. Hanno fatto presto. Non pensavo facessero cosí in fretta. Andiamo –.

Scattò in piedi e uscí. Papà e il tizio con il cappello da baseball si strinsero la mano. Quello con il cappello gli diede prima un sacco di fogli da firmare, poi andò ad aprire il portellone. Lo tallonai per vedere e quando spalancò:
– *Uau!* – esclamai ad alta voce. – Per tutti i poppanti, è la piú grande scorta di pannolini che abbia mai visto.
   – Ne hai viste molte? – chiese serio il tizio con il berretto.
   – Piú di quante crede, – risposi. – Papà…
   – Sí?
   – Sono per l'asilo? – Lo dissi perché papà lavorava come segretario in un asilo.
   – No. Sono per noi.
   Scoppiai a ridere come se avesse detto una cosa buffissima, poi però mi accorsi che non stava scherzando e la risata sbiadí. Lo guardai di sottecchi. – Stai scherzando, vero?
   – No.
   – Ma che ce ne facciamo?
   Papà sospirò. – Temo che la questione pannolini con Giovanni andrà avanti per le lunghe, – e indicò il camion sulla cui fiancata c'era un bebè che sorrideva. – A comprarli all'ingrosso si risparmia parecchio, cosí…
   Il tizio con il berretto si affacciò dal retro del furgone. – Mi date una mano a scaricare?
   Ci mettemmo una cosa come mezz'ora, facendo avanti e indietro tra la strada e la cucina – pacchi su pacchi su pacchi – e quando il tizio con il berretto, sfinito, risalí sul suo furgone e sparí, dalla cucina li portammo in taverna – pacchi su pacchi su pacchi.
   Per diverso tempo usai i pacchi dei pannolini di Giovanni per costruire degli igloo.

   Gio intanto cresceva. A modo suo. Con i tempi suoi. Ma cresceva. E migliorava in un sacco di cose, tipo ad esempio afferrare gli oggetti; e per un lungo, lunghissimo periodo, il mondo si divise tra afferrare e lanciare. Non esisteva molto altro. Fin lí era stato davvero scarso. Intendo dire: ad afferrare le cose. Persino stringere in mano il ciuccio o il biberon era un problema. Ma quando all'improvviso capí come funzionava 'sta cosa delle dita della mano, del pollice opponibile, insomma, che poteva essere usato per afferrare, ecco, allora qualsiasi oggetto divenne *afferrabile*, e quindi *lanciabile*. Quello che capimmo subito era che le due azioni non erano separabili: se un oggetto poteva essere preso, allora doveva essere gettato.

Fra tutte le cose gettabili, la sua preferenza andava ai pupazzi – il ghepardo era diventato un ghepardo volante – ma di pupazzi in casa ne avevamo una decina, e visto che tra prenderne uno e lanciarlo Giovanni impiegava, quanto?, dieci secondi?, una decina di pupazzi lo tenevano occupato al massimo per un paio di minuti. E non è che ci fossero poi molte altre cose che potevamo dargli da lanciare.

Cosí, una sera, mentre mescolavo il formaggio nel purè di patate, dissi: – Abbiamo bisogno di altri pupazzi. Ho fatto il conto che per tenerlo impegnato mezz'ora ne servono centottanta.

Chiara disse: – Se gliene regaliamo uno a testa ogni compleanno e ogni natale fanno dieci all'anno. Per quando sarà maggiorenne avremo finito.

Papà stava portando il cucchiaio alla bocca e si congelò con la mano a mezz'aria. – Non è una cattiva idea…

– Regalargli pupazzi fin quando comincerà a farsi la barba?

– No. Procurarne altri.

– Come?

– All'asilo. All'asilo abbiamo quintali di pupazzi vecchi. Sono in magazzino, dentro dei sacchi.

– Grandioso! – esclamai. – Sommergiamolo di pupazzi!

E cosí avvenne. Qualche giorno dopo, papà tornò dal lavoro con la macchina piena di sacchi dell'immondizia di quelli neri condominiali. Scese dall'auto, ci chiamò e ci disse di uscire, aprí il bagagliaio e spalancando le braccia come per ricevere un applauso indicò i sacchi, quasi si aspettasse di vedere i pupazzi saltare fuori uno alla volta e zampettare in fila indiana lungo il vialetto. Li portammo dentro e li accatastammo in cantina, vicino alle scatole di pannolini. C'era di tutto. Elefanti e conigli, mostriciattoli informi e delfini. Ma soprattutto: c'erano i dinosauri. I primi dinosauri. Adesso non c'è nulla, dalla profondità degli oceani a quella dello spazio, che per Gio valga quanto un dinosauro. Ma quelli erano i primi, ed è probabile che la sua passione sia cominciata lí. Io ero triste perché il mio ghepardo era ormai confuso nel mucchio, ma me ne feci una ragione. La vita va cosí. Non tutti i ghepardi sono per sempre.

Furono anni di scoperte continue, quelli. Giovanni era come un pacchetto di caramelle tutte diverse, finché non le hai finite non sai qual è la piú buona.

Venne il periodo in cui farlo mangiare era un'impresa: gli davi la pappa con il cucchiaino e lui la sputava. Non capivamo perché. Ci ritrovavamo sempre schizzati di pappa di Giovanni, e dovemmo abituarci a indossare un grembiule prima di imboccarlo. Non che avessimo chissà quali vestiti da proteggere, ma era una questione di dignità. La gente in giro passava il tempo a farci notare che avevamo uno sputacchio di pappa di Giovanni sul colletto o sulla spalla.

La cosa piú strana, però, era che a ogni pasto solo uno di noi, uno sempre diverso – *uno a caso*, pensavamo – riusciva a imboccarlo. Finché abbiamo capito che non era cosí, non era *uno a caso*. Riusciva a farlo mangiare solo chi decideva lui. Se era la giornata di papà, Giovanni sputava finché a imboccarlo non si sedeva lui. Se era la giornata di Chiara, nessuno sarebbe riuscito a farlo mangiare tranne lei. E via cosí, a turno, con ciascuno di noi.

Scoprimmo che per farlo addormentare bisognava lasciare che ti grattasse le dita finché non formava, attorno alle unghie, delle pellicine con cui giocare. Che era capace di farsi male, tantissimo male, ma se anche si era rotto un braccio bastava che tu gli dessi un bacio e tutto era risolto. Che avrebbe imparato a camminare molto tardi rispetto agli altri bambini, ma che in fondo chissenefrega, perché al posto di camminare gattonava, e gattonava come il re dei gattonatori, in un modo strano, tipo Mowgli, con il culo alto, ed era quasi piú veloce di adesso. E che quando non gattonava strisciava, come un bruco, ed era veloce pure cosí.

Quando andavamo a messa lo lasciavamo nei primi banchi, con 'sto pannolone enorme e il culo al soffitto, e alla fine della funzione ci tornava in braccio preciso preciso, a noi che di solito ci sedevamo in fondo. Uno spasso.

La chiesa lo rendeva frenetico come se fosse stato un luna park. Solo una volta riuscí a restare zitto e immobile: fu durante il funerale di nonno Alfredo. Aveva due anni e mezzo. Non era mai successo che stesse quieto e concentrato cosí a lungo. Nonno Alfredo, a Gio, voleva un oceano di bene. Si ostinava a leggergli le storie ad alta voce, seduto in poltrona, convinto che in un modo o nell'altro fosse in grado di capirle, e quand'era in ospedale aveva detto ai medici di aiutarlo a vivere il piú possibile, che voleva stare ancora con lui, con Giovanni.

Al suo funerale Gio restò tranquillo tutto il tempo.

Silenzioso.

In ascolto.

Come se qualcuno gli stesse raccontando una storia.

Tutti i supereroi fanno le capriole

Passarono i primi tre anni, io andai in quarta elementare e lui, finalmente, venne iscritto all'asilo. Non quello in cui lavorava papà, un altro. Due Mazzariol nello stesso posto erano altamente sconsigliati.

Il primo giorno lo accompagnammo tutti. Parcheggiammo davanti all'entrata e scendemmo dalla macchina. Per strada, sul marciapiedi, era pieno di bambini che correvano, urlavano, cadevano, abbracciavano i genitori, mentre loro, i genitori, parlavano con le maestre e con gli altri papà e le altre mamme.

Noi no.

Noi eravamo silenziosi come davanti a un tuffatore in procinto di lanciarsi dalla piú alta della scogliere.

Papà prese Giovanni in braccio e fece qualche passo verso il cancello. Poi si voltò. Gio aveva questa espressione indimenticabile, una faccia da uomo saggio e vissuto, di quelle che l'asilo è una bazzecola, che di cose cosí, lui, ne aveva già viste a milioni. In braccio a papà, Gio stava per entrare a scuola, la sua prima scuola. E noi eravamo lí, a guardarlo diventare grande, e questa cosa accadeva davanti ai nostri occhi, un po' come il sorgere del sole o lo schiudersi improvviso di certi fiori selvatici; e non nascondo che fu commovente vederlo sparire oltre la porta, impettito, vestito di giallo, rosso, verde e blu, perché avevamo deciso che ciascuno di noi doveva mettergli addosso il proprio colore preferito in modo che ci sentisse vicini tutto il giorno. Giovanni. Senza pannolino – da pochissimo aveva smesso di pisciarsi addosso – ma sempre con i suoi occhi cinesi, la nuca piatta e le scarpe ortopediche, che non capivo bene a cosa servissero, visto che ancora non sapeva camminare.

Era la prima volta che passava una giornata intera senza nessuno della famiglia.

Da casa si era portato dietro solo Rana la rana.

Ecco, il fatto è che io per anni avevo avuto un amico immaginario. Si chiamava Bob. Era piccolissimo, alto come un filo d'erba, entrava nelle stanze chiuse per ascoltare i discorsi e faceva i dispetti ai miei compagni, in particolare ad Antonio. Di questo amico immaginario ne avevo parlato con Giovanni: gli avevo detto che mi seguiva ovunque, anche a scuola, e che se voleva ero persino disposto a prestarglielo. Ma a lui non interessavano gli amici immaginari. Lui è uno cui piace toccare le cose. Quindi aveva deciso che il suo amico immaginario (ma reale) sarebbe stato Rana la rana, e aveva deciso che avrebbe portato con sé Rana la rana a scuola, ogni giorno. Se per caso ve lo state chiedendo, visto che da quel giorno sono passati parecchi anni e ora sta andando alle medie, ebbene sí: va ancora a scuola con Rana la rana. O forse è Rana la rana che va a scuola con lui; non siamo certi di come si sia evoluta la relazione.

Ricordo quando mamma tornò a casa dicendo che Gio, lo aveva saputo dalle maestre, aveva voluto un banco e una sedia per Rana la rana. E se chiedeva di andare in bagno ci andava con Rana la rana. E che altre volte, invece, chi aveva bisogno di andare in bagno era *soltanto* Rana la rana, cui Gio si prestava a fare da interprete, visto che lei non parlava la nostra lingua. La cosa davvero straordinaria è che all'epoca nemmeno Gio parlava la nostra lingua, a meno che *buciugheghè*, la parola da lui piú usata in assoluto, non significasse qualcosa.

Le maestre dovettero anche accettare che per andare in mensa bisognava far uscire Gio dalla classe mezz'ora prima, in modo da dargli il tempo di percorrere da solo il corridoio. Perché Gio si era intestardito con questa storia che voleva arrivarci per i fatti suoi, in mensa, come tutti; non in braccio a una maestra. Ma visto che ancora non camminava, l'unica era dargli abbastanza tempo per strisciare e gattonare.

Finché un giorno successe questo. Valentina, la maestra che doveva seguire mio fratello mentre si dirigeva in mensa, aveva già aperto la porta della classe e stava finendo di dire qualcosa a una collega. Una roba di un attimo, eppure quando si girò Gio era scomparso. Cosa, questa, assai singolare. Non tanto che fosse scappato, quello capitava spesso. Ma che fosse davvero scomparso: di solito lo ritrovavano due metri piú in là che strisciava e arrancava. Come era riuscito a dileguarsi senza lasciare tracce? Perché, ecco, tracce ne lasciava parecchie, di solito: uno sputo, una slinguazzata, una scarpa, un bambino in lacrime cui si era aggrappato facendolo cadere, giochi vari disseminati, armadietti rovesciati. Ma quella volta *nada*, *niet*, neanche un filo di catarro in tutto il corridoio.

Insomma, come potete immaginare l'asilo impazzí. Vennero sospese le lezioni, chiamati i rinforzi, tutto il personale fu coinvolto nella ricerca.

Bisognava trovarlo.

Le maestre perlustrarono bagni, sgabuzzini e cestini dell'immondizia finché non suonò la campanella della mensa e alcune di loro furono costrette ad accompagnare i bimbi a pranzo. La direttrice stava ormai per alzare il telefono e chiamare contemporaneamente nostra mamma e la polizia quando: – Ehi! – urlò Luca, uno della classe dei verdi. – Eccolo!

Luca era molto legato a Gio, ed era sinceramente preoccupato per la sua scomparsa, cosí preoccupato che chiuse gli occhi ed espresse un desiderio: che Gio gli cadesse nel piatto al posto del riso. E cosí avvenne. Ossia, non è che Gio piombò *proprio* nel piatto di Luca, quel giorno. Ma quando la signora che serviva il pranzo si avvicinò con il carrello, coperto da una tovaglia, ecco che dalla tovaglia, in basso, sbucò una mano. Luca guardò meglio. E vide che lí sotto c'era Giovanni.

Era successo che Gio era salito nel carrello della mensa lasciato incustodito nel corridoio, e senza destare sospetto – o pagando il silenzio delle cuoche – era rimasto lí sotto, facendosi trasportare prima in cucina, per caricare il cibo, poi in mensa. Sta di fatto che quella fu una delle piú grandi scoperte della storia dell'asilo. Come Colombo con l'America. O Fleming con la penicillina. O George Crum, il cuoco che per farla pagare al padrone tagliò le patate sottilissime, esagerò con il sale e senza volerlo inventò le patatine, le stesse che già all'epoca Gio amava sopra ogni cosa, forse persino piú di Rana la rana. Insomma, il carrello divenne la navetta interna di Giovanni. Di solito prendeva quello delle 11,45. Se lo perdeva, perché non aveva finito di colorare una scheda, dirottava su quello di mezzogiorno.

Al secondo anno di asilo, l'anno dell'invenzione del carrello-navetta, Giovanni cominciò a dire parole sensate, a parlare meglio e a eliminare i famosi *buciugheghè*. Io mi convinsi che non poteva essere una coincidenza: sicuramente nella mezz'ora in cui prima usciva dalla classe per avviarsi alla mensa, be' ecco, proprio in quella mezz'ora, in classe, accadevano cose straordinarie che permettevano ai bambini di imparare a parlare in modo comprensibile.

Quello che invece non accadde è che si lasciasse convincere a partecipare alle recite. Gio era terrorizzato dalle recite, che sono uno dei cardini educativi negli anni della scuola materna. Era terrorizzato dagli spettacoli e soprattutto dal loro pubblico, quella massa gorgogliante di genitori, nonni e fratelli armati di videocamere e telefonini. Non c'era modo di convincerlo a cantare le canzoni insieme ai compagni e quand'era sul palco, a un certo punto, finiva sempre per scappare provocando grande scompiglio, facendo piangere le bambine e, con disappunto di genitori, nonni e fratelli, interrompendo la recita che la classe intera aveva a lungo preparato.

Una volta sola le maestre riuscirono a convincerlo a stare seduto, immobile in ultima fila. Il compromesso raggiunto – cosí ci parve di intuire – era questo: aveva il diritto di stare zitto e non cantare in cambio dell'impegno a non fuggire. Gio non andava ancora alle elementari che patteggiava già come un broker di Wall Street. Ha sempre avuto un sesto senso per il business.

Ricordo che prima della recita le maestre ci presero da parte, noi Mazzariol – mamma, papà, Chiara, Alice e il sottoscritto – e ci parlarono come in una specie di riunione segreta, un misto tra il time out del basket e quei rituali di gruppo dove prima si uniscono le mani al centro e dopo le si alzano al cielo urlando slogan e inni.

Dissero: – Guardate, ci abbiamo messo una vita a convincerlo. Ora, per favore, – e mentre lo dicevano, giuro, avevano le lacrime agli occhi, – andate a sedervi in mezzo, confusi tra gli altri parenti e assolutamente, *assolutamente*, non salutate e non fatevi riconoscere. Perché altrimenti, e lo sapete, appena vi vede scatta in piedi per raggiungervi e non lo convinciamo piú a tornare sul palco. Ci siamo capiti?

Annuimmo in religioso e militaresco silenzio.

– Saremo invisibili, – disse papà.

Facemmo come avevano detto le maestre; andammo a sederci proprio al centro della sala, nascosti nella massa. Tutti tranne papà, che all'epoca aveva 'sta pancia tipo quinto mese di gravidanza, e se si fosse ficcato lí in mezzo finiva che non sarebbe piú riuscito a uscirne senza far alzare la fila intera, e Gio lo avrebbe visto. Cosí ci disse di andare noi, lui preferiva restare in fondo, o di lato. Lo vedemmo allontanarsi via, vestito di arancione e in bermuda. Sapevo che due minuti dopo lo avrei visto giocare a prendi-prendi con i fratelli dei bambini dell'asilo, quelli che della recita non gliene fregava niente. In fondo era un bambino anche lui, e anche a lui di certe recite – e intendo quelle cui la società spesso chiede di sottostare – non glien'è mai fregato nulla. Ma questa è un'altra storia.

Insomma, a un certo punto i bambini entrarono dalla porta laterale e si schierarono sul palco. Gio, ignaro delle strategie pianificate alle sue spalle, andò a sedersi in ultima fila, come gli era stato detto.

La recita ebbe inizio. Noi tenevamo gli occhi fissi su Giovanni, trattenendo il respiro, e lui intanto si guardava attorno perso in qualche pensiero misterioso. Tutto stava andando per il meglio. Le canzoni s'inanellavano una all'altra, eravamo ormai alla quinta o alla sesta e non c'era stato alcun intoppo quando, durante un ritornello, come attratto da una radiazione, senza motivo, Gio sollevò lo sguardo e, nemmeno avesse indossato un visore a raggi X, penetrò con gli occhi tra le teste dei genitori, dei nonni e dei fratelli: e mi vide. Io, ormai, ero convinto di essere invisibile, non ero troppo attento: mi prese di sorpresa. Mi vide e mi agganciò con quei suoi occhi venusiani e… accidenti, non fui capace di resistere: sollevai la mano e gli mostrai il pollice. Tutto qui. Solo il pollice. Non volevo salutarlo. Volevo incoraggiarlo, dire tutto occhei, continua cosí che vai alla grande.

Niente.

Non feci neppure in tempo a riabbassarla, la mano, che lui si alzò e partí a mille verso di noi. Appena lo vidi scavalcare la prima fila di compagni intenti a cantare la loro canzone e a ciondolare come di solito ciondolano i bambini mentre cantano, le mani giunte dietro la schiena, lo sguardo innocente e rapito, appena lo vidi partire alla carica compresi quello che avevo fatto.

Gio, che ora aveva smesso di strisciare e gattonare, cominciò a scavalcare le persone con quella che potremmo definire una specie di camminata-corsa-capriola, tutto insieme. La folla si aprí, la gente si alzò, le sedie si spostarono. Mosè liberato dalla schiavitú della recita corse verso la sua famiglia e, mentre piombava su di noi per abbracciarci – e mentre noi, di rimando, imbarazzati e commossi, ci stringevamo a lui e gli uni agli altri – si levò dal palco un canto solenne.

Con la coda dell'occhio mi accorsi che ci guardavano tutti. Qualcuno smise persino di riprendere i figli e rivolse la telecamera verso di noi. Una signora anziana si portò le mani al petto e tirò fuori un fazzoletto con cui asciugarsi gli occhi. Io volevo sprofondare e non riemergere mai piú, mi sentivo soffocare dall'imbarazzo. Fu in quel momento che papà, ancora intento giocare a prendi-prendi in fondo alla sala, s'accorse di quanto era successo e si avventò anche lui sulla folla, e facendo, se possibile, piú danni del figlio, ci raggiunse e ci crollò addosso come una slavina.

Dovendo concentrarmi per non soffocare sotto il suo peso, non potendo piú permettermi di soffocare per l'imbarazzo, mi sentii come liberato.

La recita terminò. Subito dopo il primo giro di applausi, i bambini, ispirati da Gio e presi da un forte slancio d'amore, corsero ad abbracciare ciascuno i propri genitori come se non li vedessero da anni. Fu cosí che per colpa nostra – o se volete per colpa *mia* – lo spettacolo si concluse in una catarsi collettiva, bagnata da fiumi di lacrime.

Non credo ci rimetterò mai piede, in quell'asilo.

Giusto per puntualizzare, quella per le recite e per il pubblico non era l'unica paura di Gio. Aveva paura di tantissime cose, lui.

Di Babbo Natale, per esempio.

Lo so, la domanda è: come si fa ad avere paura di Babbo Natale? Io, tanto per dirne una, intorno agli undici, dodici anni, a Babbo Natale ci credevo ancora. Nel senso che se avessi trovato la letterina indirizzata a Babbo Natale nelle mani della mamma, come tanti affermavano di aver visto, con tutta probabilità, piuttosto che smettere di credere a lui, avrei smesso di credere all'esistenza della mamma. E che diamine: il ciccio rosso è l'unico che ti regala qualcosa senza chiederti niente. La befana vuole che tu ti comporti bene: altrimenti carbone. Lui no. Lui chiude sempre un occhio. Un anno, ad esempio, mi aveva portato un regalo anche se due giorni prima avevo conficcato la penna nella mano di Andrea che, nonostante fosse il mio migliore amico, aveva fatto il mio nome tra quelli di chi gli aveva chiesto la soluzione della verifica di Matematica (cosa peraltro vera, ma anche questa è un'altra storia).

Ci accorgemmo della paura di Gio quando scoprimmo che ogni anno cercava di soffocarlo o di farlo inciampare.

Ogni venticinque dicembre trovavamo, dentro la tazza di caffellatte lasciata sulla mensola del camino, un soldatino, un animaletto, una macchinina, messi apposta perché non si vedessero, in modo che li inghiottisse e si strozzasse. Cosí come trovavamo biglie di ogni dimensione disposte per terra, vicino alla finestra o agli altri posti da cui sarebbe potuto entrare.

Le paure di Gio erano tante e strane. Le scale di casa le saliva, ma le scale del giardino no e le scale mobili neanche; per non parlare delle scale trasportabili, quelle per prendere le cose in alto dagli armadi. Se lo sedevi sopra un tavolo piangeva e si lanciava giú di pancia, tanto da farsi male. In piedi sul tavolo invece andava bene. Al mare, quando faceva il bagno, aspettava che papà lo trasportasse dall'acqua all'asciugamano. Lí prendeva la sabbia e ci si cospargeva il petto e persino la testa, ma camminarci sopra no, perché il problema era toccare la sabbia con i piedi, non la sabbia in generale. L'erba, poi. L'erba era il nemico numero uno di Giovanni. Impossibile convincerlo a calpestarla a meno che non ci fosse un pupazzo da raccogliere, solo in quel caso si scordava della paura. Odiava il pubblico, ma quando aveva qualcosa da dire voleva l'attenzione di tutti. In compenso non aveva nessuna delle paure classiche: non il buio, non i mostri, non gli insetti.

Ma aveva paura degli oggetti minuscoli.

Forse per questo li metteva nel caffellatte di Babbo Natale.

Sta di fatto che Gio era veramente strano. E piú io crescevo, piú non capivo perché. Mi sembrava di essere tornato piccolo, quando per ogni situazione chiedevo spiegazione ai miei genitori.

– Perché si fa la guerra?

– Perché non ci si vuole piú bene.

– E perché non ci si vuole piú bene?

– Perché si litiga.

– E perché si litiga?

– Perché si hanno idee diverse.

– E perché si hanno idee diverse?

– Perché siamo tutti diversi.

– E perché?

– Perché, altrimenti, non sarebbe piú divertente.

Ecco, allo stesso modo, interrogavo i miei genitori sui problemi di Gio. Sui suoi limiti, evidenti come il panino alla Nutella che mangiavo a merenda. E interrogavo soprattutto me stesso. Non mi interessavano piú le cause, quelle ormai erano cose passate. Pensavo piú che altro al suo futuro. Lui che non riusciva a imparare i numeri, come avrebbe fatto a pagare dal panettiere? Lui che aveva impiegato anni per parlare – e avrebbe sempre parlato male – come avrebbe fatto a scrivere? Se non sapeva né contare né scrivere, non avrebbe mai trovato un lavoro. Mi chiedevo perché avesse messo gli occhiali cosí presto: nessun altro bambino li portava. Mi chiedevo perché non ascoltasse niente, perché non capisse niente.

Addirittura – fu la cosa che mi sconvolse di piú – non avrebbe mai potuto fare le capriole.

Lo scoprii il giorno in cui mamma mi disse che Gio aveva il collo debole.

– Perché ha il collo debole?

– Perché è nato cosí.

– E perché?

In un secondo pensai a tutte le capriole che avevo fatto, tutte quante, e a tutte quelle che avevo progettato di fare con lui. Anche Alice e Chiara si lamentarono del fatto che, accidenti, con Gio non si poteva fare nulla, ma la loro era una preoccupazione minore, tanto con Gio mica dovevano farci la lotta. Io sí, e spesso. Non potevo continuare a lottare con papà che usava solo la mossa dell'aragosta – che all'inizio è anche divertente, ma quando capisci che consiste nello stare seduti e aprire e chiudere le gambe in modo regolare, be', diventa un po' prevedibile.

Insomma, la notizia, per me, era grave, *drammatica*. Ci restai di stucco. L'ennesima cosa che non mi era concesso fare con mio fratello. E la Wii la lanciava. E le macchinine le metteva in bocca. E coi pupazzi era la stessa storia. E la lotta non la si poteva fare. E l'erba lo spaventava. Ma che diamine, pensai, tutti i supereroi fanno le capriole. Che supereroe è, allora?

Cominciai a dubitare che lo fosse.

Cominciai a pensare che a me, i suoi poteri speciali, non piacevano affatto.

Un pomeriggio d'autunno infilai nel lettore un dvd di riprese familiari. Cercai quello che volevo. Ed ecco, all'improvviso, sullo schermo della televisione: io. Avrò avuto tre anni. Ero vicino alla bicicletta da cui papà aveva tolto le rotelle. Strinsi il manubrio e l'inforcai manco fosse una Harley-Davidson. La strada dissestata il giusto rendeva la faccenda piú ardua. Il casco era allacciato. Papà era dietro di me, ma solo per sicurezza, perché già lo sapevo che non sarebbe servito. Mi tenni in equilibro quel tanto che bastava per partire e feci forza sui pedali. Mi mossi. Feci un metro. Ancora uno. Persi il ritmo del pedale e basculai rischiando di cadere. E invece no. Recuperai l'equilibrio. Un'ultima incertezza. Poi via, orgoglioso, verso l'infinito e oltre. C'ero riuscito. Eccomi lí, a tre anni, padrone della strada, della bicicletta e delle leggi della dinamica.

Era per questo che mamma aveva fatto il video. Per far durare quel sentimento.

Mi alzai e spensi la televisione.

– Hai visto, Gio? – dissi. – Hai visto?

Giovanni era sdraiato pancia sotto sul tappeto, il mento tra le mani.

– È tuo fratello quello in televisione, – dissi. – Mi capisci? Sono io. Ed ero poco piú piccolo di te. Hai visto come ero bravo? Già in giro senza rotelle. E tu invece? Quando imparerai ad andare in bici con le rotelle? È semplice, accidenti, basta muovere le gambe. Non capisco perché non ci riesci. Ma tranquillo, ti insegnerò. Intanto ti rimetto il video, occhei?

Gio mi guardava con sufficienza.

Gli risposi con un'occhiata traboccante d'amore fraterno.

– La bici... – dissi. – Chissenefrega se parli male, Gio. Chissenefrega se non sai contare, troveremo delle soluzioni. Chissenefrega d'un sacco d'altra roba. Ma la bici, almeno quella, Gio.

Il mio delirio educativo venne interrotto dal campanello. Andai ad aprire. Era nonna Piera che portava i fagiolini per la cena. Misi il video di me che imparavo ad andare in bicicletta ancora una paio di volte, o forse qualcuna di piú, non saprei dire. Non piú di una decina, comunque. Il fatto è che qualcuno mi aveva detto che è possibile imparare a fare qualcosa anche solo vedendola fare ad altri.

Poi mamma venne a dirci che la cena era pronta.

Nei piatti, già sistemati in tavola, c'erano fagiolini e carne. Il piatto di Gio era semplice da riconoscere: era quello con il cibo sminuzzato. Quella sera ci aveva pensato Chiara. Da quando Gio aveva rischiato di morire per colpa di un würstel, noi fratelli ci eravamo assunti il compito di ridurre in piccoli pezzi tutto quello che doveva ingerire. Eravamo cosí ligi che anche un oggetto, se abbandonato nell'area di taglio, rischiava di essere affettato.

Non ci facevamo scappare nulla.

Per nulla al mondo avremmo permesso che capitasse di nuovo.

Gio aveva sempre avuto grossi problemi a digerire.

Da piccolo gli capitava spesso di vomitare quello che mangiava. Stava proprio male. A lungo andare aveva capito che per vomitare doveva correre in bagno, sollevare il coperchio e sporgersi sulla tazza. A volte aveva solo lo stimolo, ma lui fuggiva via, s'inginocchiava sul water e stava lí a fingere di leccare l'acqua finché o gli passava o vomitava davvero. Per questo problema era stato operato piú volte allo stomaco.

La cosa del würstel era accaduta all'ora di pranzo.

Eravamo a tavola. Tutti tranne papà, che era a lavoro. Chiara stava raccontando di un compagno di scuola che le piaceva, Alice aveva cominciato danza ed era tutta euforica e mamma aveva incontrato qualcuno che le aveva detto qualcosa di buffo. Loro tre parlavano una sull'altra e io, che non avevo nulla da dire, ascoltavo tranquillo.

Insomma, eravamo presi dalle nostre vicende e non è che potevamo sorvegliare Giovanni ogni dannatissimo istante: c'erano anche momenti in cui capitava che nessuno gli badasse.

Ma avremmo dovuto.

Perché Gio, mentre noi parlavamo, acchiappò un pezzetto di würstel troppo grande per la sua gola, un maledetto pezzetto di würstel finito chissà come a portata delle sue dita e se lo mise in bocca. E quel pezzetto di würstel scivolò in gola minaccioso. Era come uno di quei giganti sudaticci che si mettono davanti a te a un concerto e finisce che non vedi piú niente, e magari, dato che sei stretto nella folla, comincia pure a mancarti l'aria. E infatti accadde che Gio smise di respirare.

Fu un sibilo sottile e velenoso quello che ci fece voltare. Giovanni stava già diventando viola. Scattammo in piedi. Mamma provò a scuoterlo, urlando disperata per fargli uscire dalla gola qualcosa che ancora non sapevamo cos'era. Io, spaventato, afferrai il telefono di casa per avvisare papà, mentre, avendole provate tutte e non sapendo piú cosa fare, mamma si lanciava sul cellulare per chiedere a Nelly, una sua amica nostra vicina di casa, che l'accompagnasse al pronto soccorso.

Tutto divenne scuro.

Chiara e Alice piangevano. Mi ricordo il panico. Mi ricordo che capii per la prima volta il senso di quella parola. Mi ricordo mamma che piangeva con Giovanni tra le braccia. Non respirava piú e il colore era quello di un morto. Sentivo la morte attorno a me. In giro, nella cucina, sotto il tavolo, nel frigo, nel pane e nel formaggio, e soprattutto nel pezzo rimanente del maledetto würstel: ovunque c'era la morte.

Poi arrivò Nelly, mamma corse fuori. Per fortuna l'ospedale non era lontano. Anzi, era davvero vicino. Capii perché ci eravamo trasferiti vicino all'ospedale. I miei genitori erano stati furbissimi a prevedere tutto quello.

Non so cosa successe dopo.

Ancora oggi fatico a pensare a cosa deve aver provato mamma. Fatto sta che dopo meno di mezz'ora squillò il telefono. Era lei che chiamava per dirci di stare tranquilli, che tutto si era risolto, che Giovanni stava bene. Lo avrebbero trattenuto per degli accertamenti, ma si sarebbe rimesso perfettamente. E andò proprio cosí, anche perché, altrimenti, non avremmo potuto continuare la nostra storia.

Ma in quella mezz'ora, ricordo, la nostra casa era diventata buia, come di pietra. Chiara, Alice e io eravamo rimasti soli, in silenzio: nessuno osava parlare, come se una parola sbagliata potesse avere effetti irreparabili. Chiara stringeva forte Alice, Alice stringeva forte Chiara e io stringevo forte il termosifone. Sembravamo in attesa di essere travolti da una bufera.

Era successo tutto cosí in fretta.

Prima di quel giorno pensavo che il silenzio fosse assenza di rumore. Invece il silenzio è un suono, e c'è silenzio e silenzio. In quella mezz'ora, il silenzio mi parlò: mi disse che Gio aveva bisogno di me, *costante* bisogno di me; e io capii che ormai, senza Gio, non ci volevo piú stare a questo mondo. I suoi problemi erano i miei. E i miei problemi? A quelli ci avrei pensato da solo, senza disturbare; avrei trovato una soluzione. O almeno ci speravo.

Da quel giorno Gio all'ospedale non ci volle piú andare, cominciò a essere terrorizzato dai dottori. Ma la sua vita è costellata di visite in ospedale e non è che si può farne a meno. Mamma è l'unica che riesca a raccapezzarsi in quel caos di carte e documenti che sono le cartelle mediche di Giovanni. Come ci piace dire, a casa nostra papà è il motore, noi figli le ruote e gli ingranaggi, mamma il carburante: mentre Gio se la ride, stravaccato nel sedile del passeggero, ascoltando musica, ultimamente solo *Mica Van Gogh* di Caparezza. Ricordo che quando Gio era piú piccolo mamma diceva sempre che doveva portarlo di qua e di là, a fisioterapia, a musicoterapia, a logo-*qualcosa*-ia. Erano nomi difficili da ricordare, ma finivano tutti in -ia, cosí, quando sentivo mamma urlare dalla porta di casa: «Vado a *qualcosa*-ia», sapevo che aveva a che fare con Gio.

Mamma farebbe qualsiasi cosa per noi.

Mamma ha rinunciato alla laurea a due esami dalla fine per stare dietro alla famiglia.

Mamma lava, stira, pulisce, mette in ordine, cucina; e le poche volte che rientrando da scuola non troviamo il pranzo pronto in tavola è comunque pronto nel frigo o nel forno o nella pentola. Mamma è un'imprenditrice. Investe ogni giorno su di noi. Non investe soldi, ma tempo, ore, secondi. Vita. Anche perché soldi da investire in casa Mazzariol non ce ne sono tanti.

Ma noi non ce ne siamo mai davvero accorti. O per lo meno non ce ne siamo mai accorti noi figli. A volte immagino quanti pensieri abbiano riempito di nuvole la mente dei nostri genitori, in questi anni. Ma se quelle nuvole portavano pioggia, be', noi non lo abbiamo mai saputo: a noi non ne arrivava neppure una goccia.

Mamma e papà si sono sempre beccati la pioggia al posto nostro.

Insomma.

Come dicevamo, la vita di Giovanni è costellata di visite in ospedale. Ad esempio, ogni anno bisogna andarci per accertare il livello di disabilità. C'è un test, un colloquio, e in base a come Gio si comporta i dottori stabiliscono il grado di autonomia e dunque l'incentivo statale.

In pratica, quello del test è l'unico momento in cui Gio dovrebbe fare ciò che gli riesce meglio: casino.

Un volta lo accompagnai pure io. Il dottore con cui avevamo appuntamento doveva decidere l'ammontare dell'assegno di invalidità, cosa che, come avrete capito, aveva una sua importanza.

Entrammo nella stanza. Il dottore ci salutò. Io mi accomodai su un divanetto in un angolo, per non disturbare. Mamma e Gio di fronte al medico. Sembrava un colloquio di lavoro, e in fondo lo era: il risultato del colloquio avrebbe determinato l'assunzione nel Circolo Disabili e il relativo stipendio. Mamma era la piú agitata di tutti. Premeva forte la spalla di Giovanni come un'allenatrice di boxe all'angolo del ring.

Il dottore analizzò in silenzio le carte dei test e delle visite precedenti, mugugnando tra sé e sé e facendo strane smorfie con le labbra che noi tentavamo di decifrare come fossimo aruspici. Poi alzò il viso e disse: – Bene, solo un altro paio di domande –. Prese due cartoncini su cui erano stampati dei disegni: nel primo c'erano delle fiamme, nel secondo un pallone.

– Da quale devi stare distante? – chiese.

Sospirai di sollievo. Giovanni adorava il fuoco. Se lo vedeva diventava incontenibile e ci si avvicinava il piú possibile.

Gio guardò il medico. Guardò i disegni. Di nuovo il medico. Di nuovo i disegni. Si grattò il mento per riflettere. Tirò fuori l'indice e indicò: il fuoco.

Doh!, pensai. Ma no. Ma perché?

Il dottore annuí soddisfatto. – Bene, – disse. – Molto bene –. Mise via i cartoncini e ne prese altri due su cui erano disegnate delle figure umane: una maschile e una femminile. – Sei maschio o femmina? – chiese.

Grande!, pensai. Erano anni che tentavamo di spiegarglielo senza risultati.

Gio guardò il medico. Guardò i cartoncini. Di nuovo il medico. Di nuovo i cartoncini. Si grattò il mento per riflettere. Tirò fuori l'indice e indicò: il maschio.

Doh! Ma stava capitando? Io sapevo che lui non lo sapeva, gli era andata di culo. Ne aveva indicato uno a caso: non c'era altra spiegazione.

Il sorriso sulla faccia del medico andava allargandosi sempre di piú. – Quanti anni hai?

Con questa eravamo in una botte di ferro. Nel suo conteggio era rimasto fermo a tre anni.

Fece sette con le dita.

Mamma sbiancò. – Davvero? – disse stupita.

– Ha sbagliato? – chiese il medico. – A me sembra sia giusto –. E si mise a scartabellare fra le sue carte.

– No, no. È giusto, infatti. È che...

Il medico estrasse dal cassetto una penna e un foglio su cui c'erano due tondi neri. – Collega le figure, – disse. A casa, Gio, se gli davi un foglio bianco, altro che unire due punti: avrebbe cominciato a scarabocchiare dappertutto riempiendolo di caos che manco dopo un'esplosione. Invece posò la penna sul primo tondo e, dritto come se avesse avuto un righello, lo collegò all'altro.

Poi il medico prese due pennarelli e disse: – Ora usa il pennarello rosso per colorare il rettangolo rosso e quello verde per colorare il rettangolo verde.

Lui ubbidí come se non avesse mai fatto altro nella vita.

La situazione degenerò al punto che il medico e Gio cominciarono a farsi le battute, a ridere e darsi di gomito: sembrava si fossero messi d'accordo. Cosa che andò ad aumentare il punteggio nella sezione *relazione*. C'era di che restare allibiti. Io e mamma ci scambiavamo occhiate disperate: piú passavano i secondi e si accumulavano le domande, piú i soldi dell'assegno si allontanavano.

Finché il dottore alzò lo sguardo e disse: – Guardi, signora, secondo me non serve nessun contributo. Suo figlio, pur prendendo atto del ritardo, è perfettamente autonomo. Bravi. Fate un ottimo lavoro. Continuate cosí –. E si capiva che, dicendolo, era convinto di farci felici.

La morte di Marat

Ci sono periodi in cui il tempo è una tartaruga sulla sabbia. Altri in cui è un ghepardo nella savana, sempre pronto a divorarti la vita. I primi due anni delle medie mi passarono accanto in quest'ultimo modo; feci appena in tempo a riconoscerne il manto beige e maculato che mi ritrovai sbattuto in terza.

Della prima e della seconda media ricordo quella volta in cui beccammo la Defelice con un colpo di cerbottana; quella in cui Andrea Marongiu s'attaccò al termosifone con lo scotch e ci restò finché non convinse la Stasi a fargli ripetere la verifica; e quando io mi chiusi dentro l'armadio e dopo cinque minuti saltai fuori davanti alla Pidello, di Arte, gridando: «Prof, Narnia è bellissima!»

Oltre a questo, poco altro.

Sempre che non consideriate significativo il fatto di aver nascosto ai compagni di avere un fratello; un fratello di nome Giovanni.

E non una di quelle cose tipo: tu non me lo chiedi, io non te lo dico. No, no. Proprio del tipo: «In quanti siete in famiglia, Giacomo?» «In cinque»; «Hai dei fratelli o delle sorelle?» «Sí, certo. Ho due sorelle»; «Beato tra le donne...» «Eh già!»

Ecco. Una cosa cosí.

In quei due anni il rapporto tra me e Gio era completamente cambiato. O meglio, non è che fosse cambiato il rapporto tra me e lui, era cambiato il rapporto tra me, lui e il mondo. Alle elementari non avevo mai avuto problemi a lasciare che Gio invadesse il territorio della mia vita occupato dai compagni, dalle amicizie e da tutto ciò che in generale arriva dall'esterno della famiglia. Alle medie, invece, era diventato un problema. Gio non era piú il mio fratellino con i poteri speciali, tutto d'un tratto era diventato un alieno, qualcuno il cui comportamento era fonte di imbarazzo, qualcuno di incomprensibile e di cui giustificarsi.

In quel momento della mia vita, l'unico tra i coetanei che frequentavo a sapere della sua esistenza era rimasto Vitto, il mio migliore amico, un compagno delle elementari che avevo continuato a vedere anche se alle medie ci eravamo iscritti in scuole diverse. Tra quelli della nuova classe nemmeno ad Arianna ero riuscito a dirlo. Arianna. Arianna che dal primo giorno della prima media esercitava nei miei confronti la stessa forza gravitazionale di un pianeta verso i propri satelliti: lei Terra, io Luna. Lo avevo tenuto nascosto anche a lei, nonostante gli occhi, nonostante il sorriso, nonostante avessimo gli stessi gusti musicali.

Perché non lo dicevo a nessuno?

Razionalmente non avrei saputo spiegarlo.

Istintivamente sapevo che poteva essere... pericoloso.

Come ho detto, arrivai in terza senza quasi accorgermene; ma che quello sarebbe stato un anno diverso dagli altri me ne resi conto uno dei primi giorni di scuola quando, in cortile, alla fine delle lezioni, mentre ero intento a slegare la bicicletta, mi si avvicinò Pierluigi Antonini, detto Pisone: *Pi*- da Pier e -*sone* da nasone, sia perché aveva un naso lungo come una sopraelevata sia perché, il naso, lo ficcava ovunque. Pisone lo odiavano tutti.

Insomma, era settembre, il primo mese di scuola, il mese in cui nulla succede, il mese in cui uno si porta ancora dietro l'odore dell'estate, della spiaggia, dell'olio solare, e chi osa cominciare a parlare di esami di fine anno merita di essere legato a un albero, cosparso di miele e lasciato in pasto alle formiche.

Uno dei miei mesi preferiti, a dirla tutta.

Ed ecco che quel giorno, come una nuvola davanti al sole, spuntò Pisone. Io ero chinato a lavorare sul lucchetto della Fosca, la mia bici, che come al solito s'era inceppato, e gettando un'occhiata all'ingresso lo vidi arrivare. Mi chiesi dove stesse andando: di solito i genitori venivano a prenderlo in macchina fin davanti alle scale anche se abitava a due isolati; la bici non l'aveva, manco sapeva usarla. Nemmeno per un secondo pensai che stesse venendo da me: a) perché ci conoscevamo appena e b) perché avrei preferito infilarmi il tutú e ballare davanti alla scuola piuttosto che parlargli.

Avevo fame e stavo lí a imprecare sul lucchetto, per questo quando me lo ritrovai accanto e alzai gli occhi da terra, per un attimo fui piú sbalordito che altro. Mi guardai attorno per assicurarmi che non ci fosse nessuno a spiarci. Per fortuna i miei compagni si erano già dileguati.

– Ciao Giacomo, – disse con la sua voce gracchiante e melliflua.

Notai che indossava una sciarpetta viola-marrone e un maglioncino di lana. Io ero in maglietta e quasi sudavo. Feci finta di nulla.

– Devo dirti una cosa, – disse.

Sbuffai per fargli capire che non avevo voglia. – Che c'è Piso? Devo andare a casa. Non ho tempo.

– Una cosa rapida, – disse. – Riguarda tuo fratello.

Strizzai gli occhi, mi asciugai la fronte e mi sollevai da terra lasciando le chiavi appese al lucchetto della Fosca.

– Mio fratello?

– Sí.

– Quale fratello? Che ne sai?

– Un uccellino mi ha detto... – Ecco, io odiavo quelli che cominciavano con un uccellino mi ha detto, 'sti uccellini erano quelli che sapevano cose che non avrebbero dovuto sapere. Avrei sparato a 'sti uccellini che svolazzavano per la scuola. – Un uccellino mi ha detto della malattia di tuo fratello.

Restai a bocca aperta. Come un pesce. La sua affermazione aveva impiegato un nanosecondo ad arrivarmi al cervello, ma io spesi mezzo minuto nel tentativo di elaborarla.

– Primo, – risposi quando trovai la forza, – non è una malattia –. Le parole mi cadevano dalle labbra come pietre. – Secondo, non sono affari tuoi.

Pisone si sistemò la sua sciarpetta, abbozzò un sorriso plastico, arricciò il naso, e immaginai che fosse la stessa identica espressione di quando in classe alzava la mano per dire che sí, certo, lui la sapeva la data della morte di Marat. – Sí che è una malattia, eccome se lo è, – disse. – Sono andato a documentarmi. Sai com'è, nelle ricerche non mi batte nessuno.

– Neanche nel farti i cazzi degli altri, a quanto pare.

– Insomma, che sfortuna, – continuò come se non avessi parlato. – Mi dispiace tantissimo.

– ...

– Soprattutto, – e assunse un'espressione contrita, – mi spiace per questa cosa che hanno una vita corta. O almeno cosí ho letto...

Lo guardai come si guarda un fachiro ingoiare la spada: ero talmente stupito dalle sue parole che non trovai neppure la forza di spaccargli la faccia.

– Lo saprai anche tu, no? Voglio dire, sei suo fratello.
Lo sai che tutti quelli *così*... – e lo disse sfarfallando con
le mani, – hanno pochi anni di vita, che si ammalano spesso. E molto.

– ...

– Che poi, accidenti, non potrà nemmeno avere una
famiglia e non imparerà mai a vivere da solo, – e lo disse triste, che non si capiva se era davvero malvagio o solo
immensamente stupido. – Dài, vabbe', fagli gli auguri da
parte mia, occhei?

E a quel punto mi diede una pacca sul braccio, girò sui
tacchi e camminando sghembo si avviò in direzione della strada.

Per alcuni istanti non mi mossi. Aveva davvero detto
quello che aveva detto? Tremando dalla rabbia mi attac-
cai al lucchetto che per magia o per simpatia nei miei confronti decise di aprirsi. Avrei voluto saltare sulla Fosca,
raggiungere Pisone e passargli sulla schiena. Presi in con-
siderazione i motivi per non farlo: nota sul registro, voto
di condotta, denuncia della famiglia. Fanculo. Montai in
sella, presi la rincorsa, pedalai fortissimo per recuperarlo
e lo raggiunsi un secondo prima che girasse nella stradina,
quella subito dopo il cancello e... lo evitai. Volutamente.
Sgommando via. Lo sfiorai appena. Si girò urlando stri-
dulo, come una donna cui qualcuno ha alzato la gonna, e
io mi sparai dritto verso casa. Senza voltarmi.

Infransi ogni regola del codice stradale. Fu un miraco-
lo che non mi capitò un incidente. Forse il destino non
voleva saltassi la verifica di Arte del giorno dopo o forse
aveva già considerato un incidente abbastanza grave l'incontro con Pisone.

Arrivato a casa aprii il cancello e scaraventai la Fosca
nel portabici. Non era neanche mia quella bici, a dire il

vero, ce l'aveva regalata un collega di mio padre dicendo
che gli era piccola, ma lui come minimo aveva smesso di
crescere vent'anni prima: c'aveva messo vent'anni a capire che gli era piccola?

Entrai nella cucina che emanava un fortissimo profumo
di basilico. Basilico era uguale a pesto e pesto era uguale
a nonna Bruna.

– Ciao nonna, – dissi senza controllare che ci fosse.

– Ciao Giacomo, ti ho fatto il…

– … pesto… sí, grazie…

Lanciai lo zaino dietro la porta e il giubbotto sull'at-
taccapanni. La scarpiera costruita da papà era vuota e ciò
significava che ero il primo di tutta la famiglia a essere a
casa. Tirai un sospiro di sollievo: avrei potuto stare un po'
da solo prima dell'arrivo degli altri. Mi lasciai alle spalle il
giallo denso delle pareti della cucina e il grigio sfumato del
soggiorno. Il viola tenue della camera di Chiara e l'arancione brillante della camera di Alice li intravidi solo. Mi
tuffai nel blu scuro di camera mia. Mia. E di Giovanni.

Entrai e chiusi la porta a chiave.

Era raro che mi chiudessi in camera a chiave. Non era
una casa da porte chiuse a chiave, la nostra. Non lo facevo
da quella volta in cui mi ero rifiutato di andare a pianoforte
perché avevo capito che io ero uno da Fender Stratocaster.
Al contrario dei miei, che pensavano sarei diventato un
Danny Boodman T. D. Lemon Novecento, forse perché si
erano innamorati sulle note dei *Notturni* di Chopin.

Respirai profondamente. Appoggiai le spalle alla porta e mi guardai attorno. La mia camera. Il mio mondo.
Io e quella camera eravamo una cosa sola. Il blu scuro
delle pareti era coperto dai poster: Michael Jordan, Al-

len Iverson, Jason Williams, Thom Yorke, Steve Jobs, il Che, *Mr Nobody*, Dave Grohl, Joe Strummer, il Joker. Il mio immaginario in formato cinquanta per settanta. L'armadio in cui era incassata la scrivania era tappezzato di adesivi. Non c'era nessuna logica. Attaccavo qualunque cosa. Mi piacevano i simboli, i loghi, le scritte. Gli adesivi non si acquistavano, li trovavi in giro, li scambiavi con gli amici, erano nelle pagine delle riviste, te li ficcavano nel sacchetto quando compravi la maglietta dei Led Zeppelin, li impilavano sui tavolini dei centri giovanili, li lasciavano sui muretti allo skatepark. Gli adesivi erano vita, tempo, movimento: se avevi molti adesivi voleva dire che vivevi la strada. E poi, accidenti, chiunque poteva comprare un armadio bianco fatto in serie come il tuo, ma nessuno lo avrebbe decorato nello stesso modo: gli adesivi rendevano il mio mondo unico. Ricordo che avevo proprio un bisogno sfrenato di lasciare un segno, di sporcare ciò che toccavo per far vedere che valevo, che esistevo. Avevo bisogno di mettere la A di anarchia sulla maniglia della porta. Avevo bisogno della signora Fletcher in versione psichedelica che mi fissava. Avevo bisogno di un orologio che si scioglieva o della pipa che non era una pipa.

In quel periodo pensavo, e lo pensavo sinceramente, che avrei imparato di piú fissando l'immagine di un tipo che tira un mazzo di fiori al posto di una molotov che studiando Petrarca.

Detto questo, la prima cosa che si notava entrando in camera mia era lo stereo. Un Philips 75 Watt che si stagliava al centro della mensola, dritto di fronte alla porta, circondato da una cascata di cd, quasi tutti copiati, e da libri tipo *Into the Wild*, *Don Chisciotte*, *I viaggi di Gulliver*, *Siddharta*.

Ecco, tutto questo ero io. Ogni cosa un pezzetto di me. E me ne stetti un po' lí, la schiena contro la porta, a osservarmi.

Facendo scivolare lo sguardo verso l'altra metà della stanza, quella dove c'era il letto di Giovanni, vidi qualcosa cui non avevo mai fatto caso: Gio mi stava imitando. Ritagliava immagini di animali, incollava figurine dei mostri, accumulava pupazzi e libri da colorare. Esponeva le palline gommose nello stesso modo in cui io esponevo le coppe dei trofei di basket. Aveva un poster di *Madagascar*. Aveva il mio stesso numero di libri. Al posto della *Fattoria degli animali* aveva *Gli animali della fattoria*.

Ma dopo le parole di Pisone non riuscivo a pensare, a *vedere* quanto eravamo simili: solo quanto eravamo dannatamente diversi.

Misi nel Philips *Stadium Arcadium* dei Red Hot Chili Peppers e mi distesi sul letto, le mani dietro la nuca, le scarpe ancora addosso, gli occhi verso il soffitto da cui Zack de la Rocha, il cantante dei Rage Against the Machine, mi indicava con i suoi dread svolazzanti e stringeva in mano il microfono e il mio cuore.

In quel momento, con lo stomaco che implorava la pasta col pesto e il nasone di Pierluigi ancora vivido nella mente, socchiusi gli occhi e pensai a mio fratello. Mi tornarono in mente tutti i dubbi, i perché, le domande che in quei primi due anni di medie avevo sepolto in una terra lontana. O per lo meno fuori dalla mia camera.

Per Gio era semplice. Lui non capiva. Era dentro il treno, lui, con i finestrini chiusi e le tende tirate, inconsapevole della pioggia che frustava i boschi.

Non aveva idea di sé.

Ma io sí.

Io sapevo. Sapevo tutto.

Dopo aver strisciato nel sottobosco della coscienza per due anni, una serie di domande erano alla fine arrivate a stringermi d'assedio. Come avrei fatto a convivere con le fragilità di mio fratello? Come avrei fatto a essere felice sapendo che lui non avrebbe mai avuto una ragazza e forse nemmeno degli amici, degli amici come i miei, con cui confidarsi, con cui litigare – come avrei fatto? Sarei stato in grado di gestire la mia vita badando anche ai suoi problemi, aiutandolo a tirarsi su quando avrebbe scoperto chi era veramente? E come avrei fatto a convivere con la paura di vederlo soffrire, di vederlo morire? Le parole di Pisone, come una scintilla, avevano appiccato il fuoco a una serie di pensieri tristissimi, e ora il fumo dell'incendio mi stava annebbiando la vista.

Mi resi conto, quel giorno, che da troppo tempo avevo smesso di farmi domande.

E che avevo smesso di farmi domande per paura delle risposte.

Il mio equilibrio si basava sul non chiedere e sul non sapere.

Sul non pensare.

Sulla divisione degli ambienti.

C'era la mia stanza. C'era il resto della casa. C'era la vita all'esterno: la scuola, gli amici, il basket.

Ogni giorno andavo a rifugiarmi a scuola o in palestra, poi prendevo la Fosca, mi rifornivo di battute e idiozie dai miei compagni e pedalavo tanto forte da creare un varco temporale che mi catapultava in un'altra dimensione. Altre forze di gravità, altre creature, altre leggi della fisica.

In quel momento sentii bussare.

Aprii gli occhi e vidi la maniglia della porta che si dibatteva come un'anguilla; chissà da quanto tempo ero lí che nuotavo nel nulla.

– Giacomo! Accidenti, che succede? Apri 'sta porta.
Mamma.

Misi in pausa *Slow Cheetah* interrompendola proprio
quando Anthony Kiedis canta: «Slow cheetah come / It's
so euphoric / No matter what they say», e non mi accorsi
che con quelle parole cercava di dirmi qualcosa. Oltre la
porta, a frequenze percepibili soltanto dai delfini, mamma
mi intimava di aprire, di uscire. Che era pronto da mangiare.

Decisi che non potevo piú tacere, che dovevo condividere quei pensieri con la famiglia. Ma ecco che non appena scesi in cucina – Alice e Chiara avevano già la forchet-
ta in mano e pescavano tra i grissini, nonna era ancora ai
fornelli – feci in tempo a dire: – Sentite, ho qualcosa… –
che Gio entrò in casa come una furia, seguito da papà, e
cominciò il suo solito, rituale giro di saluti.

Corse verso Alice seminando scarpe, cartella e giubbotto
e se la strinse al petto. Lei lo pizzicò e lui rise, e stettero
un po' lí a coccolarsi ripetendo una frase che il giorno prima li aveva fatti ridere a crepapelle. Poi si slegò da Alice
e con un balzo finí tra le braccia di Chiara. Le raccontò di
quanto era stato bravo a scuola e dei voti che aveva preso. Quindi raggiunse i fornelli dove c'era nonna che cercava di salutarlo sin da quando era entrato. Si guardarono negli occhi in silenzio e si fecero due o tre carezze dol-
cissime, poi Gio chiese: – Che mangio, nooonnaaa? – con
quelle vocali strascicate che erano parte del suo modo di
esprimersi, e nonna disse: – Pastaciuttaaa, – imitandolo,
e gli diede una pacca sul sedere. A me arrivarono un paio
di pugni in pancia e un accenno di lotta, ma non ne avevo voglia e lo spinsi via. Lui inciampò e finí a terra. Rise.

Guardandolo rotolarsi sul pavimento e ridere come fosse appena capitata la cosa piú buffa dell'universo pensai

che Gio, tra i molti problemi, aveva un talento particolare:
sapeva creare una storia diversa con ognuno. Si sarebbe
potuto scrivere un libro sul rapporto tra Gio e ogni singola persona che gli gravitava attorno, e sarebbe stata una
saga piú lunga del *Signore degli Anelli*. Gio creava mondi.
Ognuno di noi camminava con lui lungo una strada personale. E la cosa pazzesca era che riusciva a essere diverso
con tutti, ma sempre sé stesso. Non era *matematica*, Gio,
che una volta trovata la soluzione è sufficiente replicare i
passaggi per ottenere sempre lo stesso risultato. No, lui era
piú *basket*, dove, se una volta hai fatto canestro, poi non
basta che replichi il movimento per riuscirci di nuovo. Mi
convinsi che dovevo trovare il mio modo personalissimo
di fare canestro. E che dovevo riuscirci da solo.

Cosí decisi di non dire nulla.

Rimasi in disparte fino alla fine del pranzo, avvolto
dai miei pensieri, dall'odore del pesto e dalle chiacchiere
della famiglia.

Tornato in camera feci ripartire *Slow Cheetah* dal punto
in cui l'avevo bloccata. Iniziò la terza strofa: «Everyone
has / So much to say / They talk talk talk / Their lives away
/ Don't even hesitate», ma la misi a volume basso perché
volevo chiamare Vitto al telefono.

Vitto era quel tipo di amico con cui puoi passare ore a
dire cazzate, ma anche a cercare di smontare il mondo come fosse un motore per provare a capire come funziona.

– Ehi Vitto, com'è?

– Bella Jack. Tutt'occhei. Tu?

– A me hanno interrogato sulle carrucole. Un disastro.
Che minchia sono le carrucole?

– Sarà qualcosa che ha a che fare con i carri.

– O forse con la rucola…

– Un carro pieno di rucola.

– Ma a che serve?

– A nulla. Come la razionalizzazione di una radice.

– Lascia stare, tanto la scuola serve solo a non farsi sgamare senza compiti.

– O a scroccare la merenda alle ragazze.

– Scuola di vita, – dissi.

– Già.

– Già.

– È che io, giuro, farei di tutto per un Oreo...

– Pure io, – sospirai. – Venderei persino il tuo cane.

– No, il cane no, mi serve come scusa per i compiti!

Io scoppiai a ridere. Lui pure. – Senti, – dissi, – ti va un giro in bici?

– Dove?

– Dove capita. Ho bisogno di non pensare.

– Tu pensi? – fece la voce ansiosa.

– Passo io, – dissi.

– Occhei.

– A dopo.

Chiusi la telefonata e scesi in salotto. – Io vado... – dissi a miei, che erano ancora seduti al tavolo della cucina a parlare di non so cosa.

– Dove vai?

– Vitto. Bici.

– Compiti?

– Fatti.

– Quando?

– In classe. Mancava quella di Arte.

– Quella chi? – chiese papà, fingendo di non aver capito.

– La professoressa.

– Quando torni?

– Dopo.

– Maddài... – Papà sgranò gli occhi. – Sul serio? Non riesci a tornare prima?

Scossi la testa e uscii in cortile a recuperare la Fosca.

Vitto mi aspettava fuori dalla sua villetta, la bici nera appoggiata al palo. Cominciammo a parlare e dopo un'ora ci trovammo dalla parte opposta della città – non che ci voglia molto a ritrovarsi dalla parte opposta di Castelfranco. Era bello gironzolare cosí, senza meta; se giri senza sapere dove vai non corri mai il rischio di perderti. Parlammo annoiati delle tette di Martina, una sua compagna di classe, improvvisamente cresciute; delle strane analogie tra la sconfitta dei Golden State e la nostra ultima partita di basket; di un nuovo disco portato da zia Fede, e di certe domande assurde che la gente faceva su Yahoo! Answers.

A metà pomeriggio andammo a casa sua. Sua madre ci preparò la merenda, noi imbastimmo un Sassuolo-Frosinone a *Fifa*. Io, come al solito, con Catellani e Noselli prime punte. Lui con Santoruvo e Stellone. Fu alla fine del primo tempo, dopo un palo clamoroso di Catellani, che gli chiesi di Pisone, dissi: – Vitto, tu lo conosci Pierluigi Antonini vero?

– Ma chi, Pisone?

– Lui.

– Eccome. Abita vicino a mia nonna.

– Dice cazzate, vero? No, perché quando parla sembra veramente sappia tutto.

– Quello sa tutto. È da ricoverare.

– È che mi ha detto delle cose su Gio.

– Del tipo?

Stavo per ripetere la faccenda della malattia, la morte eccetera, ma a quel punto arrivò il goal di Catellani e dovetti esultare, dovetti: un goal pazzesco, angolato, da fuori area; uno di quei goal che annullano il linguaggio ri-

ducendolo a una colata incandescente di vocali e conso-
nanti; sfilai la maglietta e feci due volte il giro del divano.

Quando tornai a sedermi, battuto il calcio da centro
campo, Vitto disse: – Allora?

– Cosa?

– Che ti ha detto Pisone?

Scossi le spalle. – Nulla. Cazzate.

– Già, – fece lui ribattendo di testa un mio cross al centro dell'area. – Solo quelle sa dire.

I due mesi che seguirono furono strani. Molto.

Furono come giocare a calcio in muta da sub, con il guan-
tone da baseball da una parte e la scopa da curling dall'altra; in pattini a rotelle. Furono due mesi in cui non capii
piú nulla. Ero come uno di quei cesti assortiti che si regalano per Natale: ora vino, ora mandorle, ora panettone, ora
crostini. Cambiavo umore ogni giorno. Piú volte al giorno.

In quel periodo, ricordo, una delle poche certezze era
mia zia Fede.

Federica è l'unica sorella di mamma. A quel tempo suonava il basso nei Northpole, che per me erano poco meno
dei Nirvana. La copertina di *Around the Fur* dei Deftones,
identica a quella del primo album del gruppo di mia zia,
fu motivo di grande scandalo da parte dei fan che per anni intimarono cause giudiziarie e ritorsioni. Insomma: la
Fede era un po' un idolo per me. Viveva di onde sonore,
alte frequenze, vibrazioni. Mangiava rock a colazione, in
pausa pranzo, tra i ponti di Venezia dove lavorava, leggeva
«Nme» e la sera si faceva la doccia con il country e il folk.
Viveva con lo zio Paolo, che dei Northpole era il cantante. Non erano sposati. Dicevano che lo erano dentro e a
loro bastava cosí: non serviva nessuno che lo certificasse.

Vivevano in affitto in quella che era stata casa nostra, casa Mazzariol, prima di Giovanni. Adesso sapeva di controcultura e incenso al patchouli, ed era piena di decorazioni indiane, Buddha e cose simili. Tra quelle mura c'erano l'India, il Nepal, il Tibet e la Cina orientale. Mentre lo zio Paolo m'insegnava l'arpeggio di *Stairway to Heaven* io mi guardavo attorno e mi stupiva vedere come un luogo potesse cambiare cosí tanto.

Ogni volta che veniva a casa nostra la Fede mi portava qualche nuovo cd da ascoltare.

– Ohi zia, che hai portato oggi?

– Neil Young, – e posava il cd sulla scrivania.

– Traccia preferita?

– Numero uno, *Hey Hey My My*... – Tese l'orecchio.
– Ma sono gli Smiths, questi?

– Sí.

– Ma li ascolti mentre fai i compiti?

– Sí. Non va bene?

– E no, che non va bene. Non va bene no. Gli Smiths vanno goduti, accidenti. Non sono mica un succo di frutta. Sono un bicchiere di prosecco. Devi gustarli. Devi trovare il tempo e la condizione. *Hand in Glove* ad esempio, fai attenzione al testo...

– Occhei zia.

– Ci siamo capiti?

– Ci siamo capiti...

– Questi me li riprendo?

– Cosa?

Tirò su dal mucchio i Doors e i Depeche Mode.

– Sí.

– Allora?

– Pazzeschi.

Poi, dopo essere stata un po' con le gambe incrociate sul

mio letto, zia Fede si metteva in piedi e andava a parlare con Chiara e con Alice, con ognuna di un argomento diverso.

Le mie settimane erano scandite dai cd che mi portava. La musica era ciò che mi serviva per pescare i sentimenti nel lago di emozioni in cui navigavo. Il retino prendeva le carpe. La canna le trote. La fiocina i saraghi. I lombrichi attiravano le orate. Le mosche di plastica richiamavano lucci e tonni. Allo stesso modo gli Smiths erano l'esca per la malinconia. Con i Sex Pistols venivano a galla rabbia e dubbi. Se mettevo i Beatles ero trascinato al largo da on-date improvvise di serenità.

Avevo tredici anni. Ero un vinile senza solchi che aspet-tava di essere inciso dal mondo.

Un giorno ci comunicarono che la professoressa Pidello, *quella* di Arte, sarebbe stata assente e a sostituirla avevano chiamato un supplente; ed ecco che arrivò questo tizio, uno di quelli che devono per forza fare i simpatici, avete presente? Quelli tipo: non sono il tuo insegnante sono il tuo migliore amico. Ecco, uno cosí. Entrò in classe e per farci sentire importanti ci chiese di fare il solito giro di presentazioni, di quelli che non finiscono piú. Ero al terzo anno. Sapevo tutto di tutti. Lorenzo giocava bene a pallone. Matteo parlava inglese che manco a Oxford. Elisa scriveva poesie. Sapevo tutto. Due palle. Decisi che avrei dormito un'oretta. Se non che il supplente ci disse di aggiungere alla presentazione il nostro cantante preferito.

Uhm, pensai, interessante.

Scoprii che Laura ascoltava Mozart. Jacopo hip-hop. Arianna, la meravigliosa, ascoltava i Mumford & Sons. L'avrei sposata. La maggior parte stava sul commerciale, nomi che se li sentivo in radio, per sbaglio, cambiavo subito canale come per non infettarmi.

– Io sono Giulio, ascolto i Black Eyed Peas, gioco a calcio e mi sono trasferito qui da due anni e poi leggo gialli e… mi piace andare a sciare e… – Ecco, toccava quasi a me. – E poi basta –. Si sedette.

– Grazie Giulio. A chi tocca?

Mi alzai in piedi.

– Ciao, – dissi. – Io sono Giacomo. Giacomo Mazzariol. Gioco a basket anche se non sono alto. Mi piacciono i film e ascolto… – E a quel punto, giuro, stavo per partire con la lista, stavo per farlo, per la prima volta avevo l'occasione di mostrare la mia cultura musicale, roba che neppure un giornalista di «Rolling Stone». Ma non avevo neanche aperto bocca che, chissà perché, mi bloccai. In quel momento avrei potuto dire qualunque cosa. Nessuno sapeva che Rou Reynolds degli Enter Shikari era il mio cantante preferito, cosí come nessuno sapeva che dormivo con la foto del nonno sul comodino. Nessuno sapeva nulla di me. E fu cosí che mi sentii dire: – … ascolto Taio Cruz.

E mi sedetti.

– Grazie Giacomo. Fantastico, – esclamò il supplente con un entusiasmo sproporzionato e per un attimo ebbi paura che stesse per chiedere alla classe di applaudirmi.

Non c'era proprio nulla di fantastico in quello che avevo detto. Taio Cruz?, pensai. Avevo davvero detto *Taio Cruz*? La feccia. Quello che cantava *Break Your Heart* o *Hangover*, le due canzoni piú patetiche della storia della musica? Perché avevo detto Taio Cruz? Perché non avevo detto la verità? Perché continuavo a nascondermi?

Le presentazioni andarono avanti. Il giro finí e il professore ci salutò felice, con un sacco di appunti su di noi scribacchiati in un Moleskine; per cosa poi, pensai, visto che avrebbe lasciato la cattedra di lí a due settimane?

Suonò la campanella della ricreazione e tutti uscirono di corsa: c'era sempre chi faceva a gara ad arrivare per primo giú in cortile. Io invece rimasi fermo, incollato alla sedia. Non avevo fame. Non avevo voglia di uscire. Persino la luce del sole che entrava dalle finestre mi dava fastidio: avrei voluto che qualcuno le oscurasse. Rimasi lí, gli occhi puntati verso la data scritta sulla lavagna: 1793, la morte di Marat, ma senza vederla. Pensai che se potevo dire di me quello che volevo, se ero in grado di fingere che il mio cantante preferito fosse Taio Cruz, allora potevo fingere su qualunque cosa. Anche su Gio. Potevo fingere che non ci fosse. Potevo continuare a tenere i miei mondi separati: la camera, la casa, la scuola. Potevo fingere che non servivano risposte, soffocare le domande.

Non mi accorsi della fine dell'intervallo. Non mi accorsi dei compagni che rientravano in classe, delle successive ore di lezione, dei compiti assegnati. Non mi accorsi di nulla. Al suono dell'ultima campanella mi alzai come un automa, infilai nello zaino i libri e il portapenne, rimasti inutilizzati sul banco tutta la mattina, e feci per andare via. Ero in corridoio quando una mano sulla spalla mi costrinse a voltarmi.

Era Arianna. Mi si fermò il cuore.

– Jack…

– Sí?

– Posso chiederti una cosa?

Annuii senza parlare.

– Taio Cruz non è il tuo cantante preferito –. Il suo sguardo corse dalla mia fronte al mento, alle guance, al naso, come si fa con le mappe della metropolitana in cerca del puntino rosso con scritto: VOI SIETE QUI.

– No, – dissi io. E mi resi conto di averlo detto senza emozione né vergogna, né tantomeno con ironia.

– Quindi? – e aggrottò la fronte in attesa che continuassi, che mi giustificassi. Ma io non avevo nient'altro da dire.

Se c'erano delle parole in grado di spiegare, be', ecco, io non le conoscevo. Se c'erano pensieri capaci di fare luce su me stesso, io non ero in grado di pensarli. Se c'erano strumenti utili a mettere in ordine le emozioni dentro di me, nella mia cassetta degli attrezzi di quegli strumenti non c'era traccia.

Arianna attese alcuni secondi, poi, dato il mio silenzio, si spostò d'un nulla verso destra e si lasciò rapire dal fiume in piena di felpe, spintoni e risate che sciabordava verso l'uscita. Io restai lí, imbarazzato, immobile come uno scoglio.

Siamo tutti pesci volanti

Trascorsi un inverno inquieto, come inquieta è, non di rado, l'alba della consapevolezza, e scollinai nel nuovo anno con una grandissima voglia di novità, di qualcosa che arrivasse a squassare le mie giornate.

Fu in quel periodo che conobbi Brune e Scar. Ci incontrammo a una festa in oratorio, una di quelle organizzate per far suonare i gruppetti della zona, di quelle che se ogni gruppo porta dieci amici alla fine si tira su un po' di gente e ti sembra quasi di essere a un concerto vero. Erano un duo, Brune e Scar: Brune & Scar. Due chitarre, due voci. Erano diversi dagli altri. Non facevano pezzi recenti, non rappavano e non sputacchiavano sui microfoni. Nel chiacchiericcio della sala avevano estratto dal cilindro *The Passenger* di Iggy Pop, *Starman* di Bowie e *Blowin' in the Wind*, ma fatta piú rock rispetto a Dylan. Avevano un anno in piú di me, e mi era bastata la scelta dei pezzi, senza stare tanto a concionare sull'esecuzione, per capire che io, Brune e Scar avremmo potuto essere amici. Avevo infatti questa strana mania di scegliere le amicizie in base ai gusti musicali. Se non erano i miei, trovavo subito un pretesto per allontanarmi.

«Che musica ascolti?»

«Rihanna».

«Scusami, devo recuperare le ore di sonno della gita di seconda media».

«Taio Cruz».

«Mi dispiace, scappo, tra dieci minuti mi scade lo yogurt».

Ecco. Anche io creavo le mie categorie e per me la musica era cosí importante che annullava tutto. Consideravo le ragazze che ascoltavano Rihanna o Taio Cruz tutte uguali. Per me erano superficiali, si alzavano alle 6.45, adoravano i gatti ed erano vegane. Una cosa del genere.

Guardavo le targhette, non il quadro.

Comunque, come dicevo, con Brune e Scar eravamo in sintonia. Quel giorno finimmo a chiacchierare dei nostri gruppi preferiti, a discutere se la canzone migliore dei System of a Down fosse o no *Toxicity* e a concordare che tizi come Bob Marley non li avremmo mai piú avuti.

Brune, che in realtà si chiamava Pietro, disse che lo avevano soprannominato cosí quando a quattro anni si era scolato d'un fiato un bicchiere di Brunello di Montalcino scambiandolo per uno di Coca-Cola. Scar, che in realtà si chiamava Leonardo, disse invece che il soprannome era dovuto a una presunta somiglianza con il personaggio del *Re leone*.

– In realtà, – fece Brune dandomi di gomito, – lo chiamiamo cosí perché a suonare è proprio scarso…

Scar fece finta di non aver sentito. – Tu non ce l'hai un soprannome?

– Mazza, – risposi.

– Perché prendi a mazzate la gente? – disse lui.

– O perché gli altri ti prendono a mazzate? – chiese Brune.

Sorrisi, inarcando le sopracciglia. – Credo abbia piú che altro a che fare con il cognome.

– Sarebbe?

– Mazzariol.

– Geniale.

– Già…

Un giorno, sarà stato febbraio, ci frequentavamo da un paio di mesi, eravamo andati a fare un giro bici, solo che la temperatura non era affatto adatta alla bici. Cosí, visto che casa mia era libera, gli proposi di rifugiarci nella taverna e darci dentro con la musica.

Ora, di solito, perché casa Mazzariol fosse libera, perché non ci fosse davvero nessuno, doveva verificarsi una serie di congiunture miracolose: tipo mio padre al lavoro, mamma in giro con Giovanni per qualche visita, e Chiara e Alice a casa di amici o a danza o in piscina. Oh! E ovviamente io non dovevo avere basket o altri impegni miei, dato che, se io ero impegnato, che la casa fosse libera, be', ovviamente non serviva. Il mercoledí pomeriggio, di tanto in tanto, questo allineamento astrale capitava: io senza nulla da fare e il resto della famiglia fuori. E quel giorno era uno di *quei* mercoledí.

– Che ne dite?

– Che strumenti hai? – chiese Brune.

– Due chitarre, – dissi. – Una elettrica e una acustica. E una tastiera.

– Alla grande!

– Suoni la tastiera?

– Diciamo che ci batto sopra pesantemente.

– Andiamo… – esclamò Scar alitandosi sulle mani e strofinandole tra loro per scaldarle. – Possibilmente prima che mi si congelino le dita, suonare la chitarra con il moncherino sarebbe disdicevole.

Sotto un cielo metallico spingemmo come forsennati sui pedali fino in viale dei Castagni – dove peraltro di castagni non ne ho mai visti. Era la prima volta che invitavo Brune e Scar a casa mia. Arrivati, aprii il cancelletto e indicai l'angolo del cortile dove eravamo soliti lasciare le bici.

– Hai il canestro! – esclamò Brune. – Maddài, ma che figo. Passami la palla.

La raccolsi da sotto un cespuglio e gliela lanciai. Fu mentre lui fingeva di difendersi da un giocatore immaginario e ruotava su sé stesso per sorprenderlo e tirare in sospensione che mi sentii chiamare dalla porta.

– Giacomo!

Mi voltai. Mia madre.

– Che ci fai qui? – chiesi.

Si guardò attorno. – Dici a me? Io ci abito, qui.

– Non dovevi essere fuori con... – e in quel momento compresi che avevo chiesto a Brune e a Scar di venire da me perché ero certo che non ci fosse nessuno, ma in modo particolare perché ero certo che non ci fosse Gio. Non finii la frase. Mi assicurai che Brune e Scar stessero ancora tirando a canestro e raggiunsi mia madre. – Non dovevi essere fuori con Gio? – dissi con un filo di voce.

– Sí, ma ha qualche linea di febbre ed è facile che debba fare la coda per ritirare i documenti. E Gio è lí tranquillo in camera a giocare. Ma ora... Tu e i tuoi amici vi fermate, vero?

– No che non... Cioè, sí, ci volevamo... Ma non vorrai...

– Buongiorno signora –. Brune e Scar ci raggiunsero con il pallone sottobraccio.

– Buongiorno ragazzi. Non mi sembra di avervi mai visti. Come vi chiamate?

– Pietro, ma mi chiamano Brune.

– Leonardo, ma mi chiamano Scar.

– Io sono Katia. In casa di solito mi chiamano mamma, almeno quando si rivolgono a me direttamente. Quando parlano tra loro credo usino altri nomi, ma non ne sono certa. In frigo ci sono delle bibite e potete farvi dei toast. Vi fermate?

– Certo, – disse Scar.

– Alla grande! – disse Brune. – Grazie!

Io avevo già cominciato a mangiarmi le unghie. Tra me e me implorai che mamma non facesse nessun riferimento a Giovanni, e lei per fortuna non lo fece. Si infilò il cappotto e uscí. Noi tre andammo in cucina parlando di basket. Versai la Coca nei bicchieri e preparai i toast. Dopo averli infilati nel tostapane dissi che andavo in bagno, che li controllassero loro, e corsi su al primo piano. Girai la maniglia della porta di camera nostra come fossi un ladro. La porta si schiuse lentamente e attraverso lo spiraglio lo vidi: Gio era sul letto, mi dava la schiena, sfogliava un libro. Entrai e mi avvicinai in punta di piedi. Un libro sui dinosauri. A quel punto lui si accorse della mia presenza e volse la testa: – Jack!

– Ehilà, Gio. Che fai?

– Leggo.

– Bravo, che leggi. Bravissimo… – Mi grattai la guancia. – Senti. Mamma è uscita e io, io devo fare delle cose importanti. Per la scuola. Devo farle in taverna. Da solo, devo farle. Ci siamo capiti? Quindi tu devi stare in camera, occhei? Senza fare rumore. Stai qui a leggere e a… – con la coda dell'occhio vidi l'iPod sulla mensola, – ad ascoltare la musica. Ti presto le mie cuffie belle se vuoi.

– Cuffie belle! – disse Gio come se gli avessi promesso di portarlo a fare il giro del mondo.

Presi le mie cuffie, gliele infilai e feci partire una playlist a caso. La musica e i libri sui dinosauri erano una combo che, in effetti, poteva tenerlo occupato per ore. C'era davvero la speranza che non si facesse sentire fino a cena. Presi altri libri sui dinosauri e glieli accatastai sul comodino.

Indietreggiai. Restai a osservarlo. Sembrava un po' abbacchiato per la febbre, ma sereno come al solito, sdraiato pancia sotto. Ciondolava la testa a tempo di musica mentre con le dita tamburellava sul libro, perso nelle illustrazioni. Un segreto, ecco cos'era Giovanni per me. Un segreto come altri. Come il poster della ragazza con il seno quasi scoperto dietro a quello di John Lennon. Come *Il giovane Holden* pieno di parolacce che nascondevo nel secondo cassetto. Come il cd dei Megadeth che mamma odiava e che avevo infilato nella custodia di quello dei Velvet Underground.

Uscii dalla camera camminando all'indietro, come si usa fare nei templi, e accostando la porta lo vidi sparire nella fessura. Cercai di chiedergli scusa pensando fortissimo *mi spiace mi spiace mi spiace* e in corridoio, per un attimo, mi appoggiai con la schiena contro il muro e chiusi gli occhi. Che accidenti stavo facendo? Mamma diceva che amare un fratello non vuol dire scegliere qualcuno da amare; ma ritrovarsi accanto qualcuno che non hai scelto, e amarlo. Ecco, scegliere di amare, non scegliere la persona da amare. Ma io non ci riuscivo. Perché ero io che avevo bisogno di essere amato. E volevo che i primi ad amarmi fossero i miei amici, i miei compagni. Avevo paura che se avessero saputo di Gio, avrei perso le loro attenzioni, la loro stima.

Amare Giovanni ed essere amato.

In quel momento era come lottare per la pace e avere in mano un Ak-47.

Tornai in cucina.

– Dov'eri finito? – chiese Brune addentando il toast.

– Niente, è che...

– Giacomo, ma cos'è 'sta roba?

La voce di Scar arrivò dalla stanza accanto.

– Che ci fai in lavanderia? – chiesi raggiungendolo.

– Cercavo il bagno. Cos'è 'sto tubo?

Il tubo di cui parlava Scar era una delle follie di mio padre; era abbastanza largo da farci passare un bambino e sbucava dalla parete collegando le stanze al piano superiore con la lavanderia. Lo aveva fatto costruire insieme alla casa in modo che potessimo gettarci dentro i vestiti sporchi e farli finire direttamente nel cesto.

– Tuo padre è un genio.

– Mio padre è pazzo.

– Quindi se lo risalgo vado a finire in camera tua? – Scar cercò di infilarcisi dentro, ma ci rimase incastrato. – Ehi, non riesco a muovermi.

– Lo lasciamo lí? – disse Brune.

– Perché no? – feci io.

– Potremmo andare di sopra e gettare nel tubo le tue mutande sporche.

M'illuminai e giuro che stavo per correre di sopra a scaricare nel tubo qualunque cosa avessi trovato quando mi ricordai di Gio.

– Temo che la mamma abbia fatto la lavatrice proprio oggi, – dissi, e indicai la roba stesa. – Tiriamolo fuori da lí, va…

Suonammo per oltre un'ora, in taverna. Io diedi prova delle mie scarsissime qualità come tastierista e loro si divertirono con le mie chitarre. Ridemmo un sacco di ogni sciocchezza, come capita a quattordici anni, e speravo che dietro alle risate loro non si accorgessero della mia paura che Gio si presentasse all'improvviso.

Immaginavo di vederlo apparire dalle scale. E i miei amici che smettevano di suonare, impietriti.

Ma non accadde.

Accadde invece che passarono un paio d'ore e Brune a un certo punto guardò l'orologio e disse che accipicchia era tardi, doveva tornare a casa. Li riaccompagnai alle biciclette, buttammo ancora un paio di idiozie nel mucchio di quelle dette per tutto il pomeriggio, scambiammo un saluto pugno contro pugno e dopo aver aperto il cancelletto restai a guardarli pedalare lungo viale dei Castagni. Finché girarono una curva e non ci furono piú.

Alzai gli occhi al cielo. L'inverno era nella luce, tutto attorno a me.

Tornai in casa camminando. Io. La mia mente invece no. Lei correva. Era già rientrata in cucina e aveva superato la prima rampa di scale, e la seconda, senza neppure degnare di uno sguardo il soggiorno, ed era davanti alla porta di camera nostra, e stava per aprirla. Le corsi dietro per non farla entrare prima di me. La raggiunsi che stava girando la maniglia. Poteva aver fatto di tutto, Gio, in quelle due ore. Poteva non essersi mosso o aver gettato la scrivania giú dalla finestra.

Aprii la porta.

Era nella stessa identica posizione in cui lo avevo lasciato: gli occhi sul libro (un altro), le cuffie alle orecchie. Mi sedetti sul bordo del letto e gli toccai la schiena. Lui si girò e mi sorrise.

Poi afferrò Rana la rana, che teneva schiacciata sotto la pancia, e me la diede in faccia.

Gio si meritava un premio. Lo feci scendere di sotto con me, gli misi *L'èra glaciale* e gli portai le patatine. Esagerando feci persino entrare e salire sul divano la nostra cagnolina, Kissi, una specie di peluche bianco a macchie marroni. Giovanni, sdraiato sul divano, una mano ad accarezzare Kissi e l'altra a pescare patatine, la televisione che gli si rifletteva negli occhiali, era il simbolo della felicità.

Stremato dagli avvenimenti mi sedetti anch'io sulla poltrona, tirai su le gambe e le strinsi al petto. Attesi che le immagini mi anestetizzassero. Ma fu inutile: persino *L'èra glaciale* mi parlava di me.

All'inizio del film c'è questo scoiattolo, Scrat, che sta cercando un posto dove seppellire la sua ghianda e a forza di spingere per conficcarla nel terreno ghiacciato apre una crepa in una gigantesca parete di ghiaccio che si divide in due. Questo permette a un branco di animali di ogni tipo che sta viaggiando verso sud di proseguire il cammino e sfuggire al freddo. Ora, io non sapevo quali animali nascondevo dentro di me, ma di certo mi sentivo come quella parete: percepivo la crepa.

E quella crepa aveva un nome: senso di colpa.

Nei mesi successivi sognai spesso la polizia. Suonava a casa mia, dicendomi che ero in arresto.

«No, ma guardate che gli do da mangiare, giochiamo insieme e tutto, esce quando vuole, non è come sembra», rispondevo io di getto, convinto ogni volta che mi stessero accusando di maltrattare Gio.

L'agente replicava sempre in modo diverso, con frasi tipo: «Ma di che sta parlando, signor Giacomo? Lei è in arresto per aver copiato di nuovo nella verifica di Matematica. Ora per lei ci saranno tre mesi in banco con Gianni-alito-che-puzza e le prossime verifiche in isolamento».

Un giorno Vitto venne a pranzo da me, e dopo mangiato andammo di sopra in camera. Lui si distese sul letto, io mi lasciai andare sulla sedia dondolante della scrivania.

– Ma lo sai che il cantante dei Bloc Party è gay? – disse lui.

– Ma va là...

– Giuro. Me l'ha detto mio cugino.

– Se te lo ha detto tuo cugino, allora... – e alzai le mani in segno di resa. Poi dissi: – Senti, ti ricordi quella volta che stavo per dirti una roba su Pisone?

– Su Pisone? No, quando?

– Ero a casa tua. Giocavamo alla Play.

– Giacomo, tu sei *sempre* a casa mia e giochiamo *sempre* alla Play.

– Frosinone-Sassuolo. Tre a due. Ti dice niente?

– Ah! – Fece una strana smorfia, come avesse inghiottito una mosca. – Ora ricordo –. Sí tirò su dal letto e si mise seduto, guardandomi fisso negli occhi. – Allora?

– Ecco, Pisone sa di Gio.

– Cosa sa di Gio?

– Che esiste.

– E questo è il problema? – Si ributtò giú sul letto. – Pensavo chissà cosa, io –. Mise le mani dietro la nuca, come se avesse la situazione sotto controllo.

– Alla mia scuola non lo sa nessuno.

– Davvero?

– Sí.

– Com'è possibile?

– Semplicemente… non l'ho mai detto.

– Perché?

– Perché Gio non è pronto a essere… esposto. Il mondo se lo mangia uno come Gio. È la legge della giungla. O cacci o sei cacciato.

Vitto sbuffò e sorrise. – Ma che stronzata.

– Non sei d'accordo?

– Senti… com'è che Pisone lo ha saputo?

Sapevo che Vitto avrebbe preferito parlare del cantante dei Bloc Party che di Pisone, ma sapevo anche che per me avrebbe fatto uno sforzo.

– Non lo so.

– Allora chiediglielo. *Easy*. E poi lo costringi a non dirlo a nessuno.

– E se non vuole?

– Minaccia di spaccargli la faccia. Voglio dire, Jack, stiamo parlando di Pisone. *Nothing to fear* –. Da quando andava a lezioni private con un'insegnate madrelingua Vitto si era messo a infarcire ogni discorso con 'ste frasette inglesi.

– Dici?

– Comunque, se proprio devo essere sincero, la vedo dura che tu riesca a nascondere Gio. È una persona, mica un pacchetto di sigarette.

– Lo so.

– E poi non capisco perché dovresti... – Fece scorrere lo sguardo sugli oggetti di mio fratello sparsi in giro per la stanza. Indicò la gallina-salvadanaio come a dire: guarda la gallina-salvadanaio, cosa c'è di male in una gallina-salvadanaio?

Fu a quel punto che sentii me stesso dire: – Mi prenderebbero in giro.

Vitto si rizzò di nuovo. – Allora il problema non è che il mondo si mangi Gio. È che hai paura si mangi te.

Non dissi nulla. Mi voltai verso il poster degli U2.

– Ecco... – continuò Vitto seguendo il mio sguardo. – Proprio loro. Pensa che all'inizio le case discografiche rifiutavano Bono dicendo che la sua musica non avrebbe mai funzionato. Quando pensi a Gio, pensa a lui. Non conta un cazzo l'opinione degli altri.

Sbuffai. – Attenzione, attenzione, – dissi, come stessi parlando dentro un megafono, – l'uomo che la mattina passa un'ora a sistemarsi i capelli ha qualcosa da dire...

– Solo perché non sono abbastanza lunghi, – fece lui prendendosi una ciocca con due dita e cercando di guardarla senza riuscirci. – Ma li sto facendo crescere. E in ogni caso, ora ho un periodo *law and order*.

Pensai che avrei dovuto fregarmene. Pensai che dovevo risolvere la faccenda con Pisone. Pensai un sacco di pensieri che si eludevano a vicenda. Decisi che se continuavo a pensare mi sarebbe venuto un gran mal di testa.

– Ma io dico, come è possibile che sia gay il cantante dei Bloc Party? – Vitto sospirò con gli occhi rivolti verso Zack de la Rocha e scosse la testa. – Ti sembra possibile?

Il giorno dopo mi svegliai alle sette – mai successo – e andai a scuola venti minuti prima del solito per parlare con Pisone. Non ci parlavo da quella volta in cortile. Arrivare a scuola in anticipo era una di quelle cose che mi costava uno sforzo sovrumano: la mattina presto la cartella pesava dieci chili di più e finivi per trovarti in strada senza neppure esserti accorto di aver lasciato le coperte. E poi faceva freddo. Insomma, non ero per niente di buon umore; per ripurificare la mia coscienza di ritardatario cronico progettai di entrare a campanella suonata per il resto della settimana.

Quell'alzataccia, però, mi permise di vedere un sacco di cose che non avevo mai visto: le bidelle che spargevano a terra la segatura per assorbire l'umido della pioggia, i compagni che erano costretti ad arrivare presto perché i genitori che li accompagnavano dovevano poi andare al lavoro; c'era chi copiava i compiti (mentre io ho sempre pensato che o li hai fatti o niente, vai a scuola e affronti la morte a testa alta), chi ripassava attaccato al termosifone, insegnanti che facevano le fotocopie. In sala musica il professore accordava gli strumenti.

Poi, lo vidi.

Pisone entrò intabarrato in un cappotto scuro, la sciarpa viola attorno al collo, un cappello con i paraorecchie. Gli si appannarono gli occhiali e li sfilò per pulirli.

– Ehi! – dissi.

L'avevo colto di sorpresa. Si voltò di scatto e ci mancò poco che non cadesse. Si rimise gli occhiali.

– Cosa vuoi?

– Devo parlarti.

Sgranò gli occhi e si guardò attorno come per cercare qualcuno cui chiedere aiuto. Non era abituato al fatto che lo si cercasse per parlargli, e se capitava, ecco, sapeva che con tutta probabilità quelle in arrivo non erano buone notizie. Nonostante il timore, però, nel suo sguardo strisciava lo stesso una fine arroganza.

– Di cosa? – chiese.

– Come hai fatto a sapere di mio fratello?

Le labbra gli si strinsero in un sorrisetto acido. – È stata mia madre a dirmelo.

– Mia madre e tua madre si conoscono?

– Può darsi. Non lo so.

– Non è che tua madre si è andata a impicciare di cose che non la riguardano?

– Mia madre è...

– Tua madre sarà uguale a te, ecco cosa –. C'è questa legge non scritta, tra i ragazzi, che stabilisce che l'offesa piú grande è quella rivolta alle madri, e io volevo mettere in chiaro che non stavo scherzando. Ma lui non sembrò prenderla male.

– Sí, ci assomigliamo molto, – disse. – Anche lei ha un'intelligenza superiore. Lo sai che ha vinto il...

– Non me ne frega un cazzo di cosa ha vinto tua madre, Pisone. Basta che tu, lei e i vostri nasi stiate lontani dalla mia famiglia –. Mi avvicinai in modo da poter abbassare il tono della voce, gli afferrai il bavero. – E se scopro che hai detto a qualcuno di mio fratello, se scopro che hai sparso la voce, sarà meglio che vi trasferiate su un altro pianeta. Tu. Tua mamma. E tutta la Piso-famiglia. Sono stato chiaro?

– Sí.

– Zitto come una zattera.

– Una zattera? – Aggrottò le sopracciglia e sembrò che s'incurvassero anche gli occhiali.

– Ti sembra parlino, le zattere?

– No, ma non si dice come una zattera, si dice...

– Non m'importa come si dice, mi importa cosa tu non devi dire. Da adesso in poi. Fino a quando non prenderai quattro in italiano.

– Non prenderò mai quattro in italiano.

– Appunto –. Strinsi un po' di piú la stoffa del cappotto, giusto per marcare il territorio, poi lo lasciai andare con uno strattone come avevo visto fare in qualche film, e senza dire altro, trafiggendolo con lo sguardo, mi allontanai di un passo, mi girai e presi la via della classe. In quell'istante esatto – non ero nemmeno a metà corridoio e ancora sentivo l'ombra del suo naso grattare contro la schiena – cominciai a sentire uno strano languore nello stomaco il cui nome era sempre uguale, lo stesso della crepa: senso di colpa. Che diamine avevo fatto? Non avevo mai minacciato nessuno in tutta la mia vita. Non ero capace, io, a fare 'ste cose. In cosa mi stavo trasformando? In uno che, nonostante i consigli amichevoli di Vitto, minaccia i Pisoni e segrega i fratelli.

Quel pomeriggio andai a casa di Arianna con Goss, da gossip, vero nome Elettra, perché sapeva sempre tutte le tresche della scuola. Dovevamo fare una ricerca sulle tecniche di difesa degli animali. Eravamo in cucina con un paio di computer e molti fogli sparsi in giro. Casa di Arianna era simile a quella di mia zia, e questo mi faceva stare bene.

– Sentite questa, – esclamò Goss scrollando con il mouse un articolo che avevamo trovato su un blog animalista. – Le lucertole del Texas spruzzano un fiotto di sangue dall'occhio per fingere di essere morte e allontanare i predatori.

– Che cosa orrenda... – disse Arianna.

– E qui invece c'è una roba sul caprimulgo egiziano.

– Il cosa?

– Il caprimulgo egiziano. È un uccello. Pare che riesca a nascondersi nella polvere per mimetizzarsi e non farsi vedere dagli altri predatori.

– Un uccello color polvere, – sorrisi io, – ma che bellezza.

– Sentite, – chiese Arianna, – che ne dite se sospendiamo? In forno c'è una torta cioccolato e pere fatta da mia nonna.

– Ecco, sí, preferisco mimetizzarmi in una torta cioccolato e pere che nella polvere, – disse Goss.

– Faresti la pera?

Goss mi diede un pugno sul braccio.

– Ohi! – mi lamentai. – Mi hai fatto male.

Le squillò il cellulare e mentre lei rispondeva io e Arianna uscimmo sul terrazzino e andammo a sederci sul dondolo. Era ancora inverno, ma c'era il sole; faceva meno freddo dei giorni precedenti. Indossavamo tutti e due una felpa – io bordeaux, lei azzurra – e un berretto di lana. Il suo terrazzo era poco curato, ma pieno di strane piante. Piante secche, senza fiori, non dissimili dal mio stato d'animo. Restammo lí in silenzio, a sbocconcellare la torta. Di tanto in tanto io la guardavo di sottecchi: il sole giocava con i suoi capelli, facendoli brillare come castagne, e la sua mano, abbandonata sul cuscino, era a meno di un centimetro dalla mia.

– Hai sentito di Filippo? – disse lei d'un tratto.

– Martuzzo?

– No, ma va. Chissenefrega di Martuzzo. Parlo di Filippo Langella.

– Che ha combinato? Ha fumato una sigaretta in bagno? Ha bestemmiato in classe? Lo hanno arrestato?

– Niente di tutto questo, – disse lei facendo muovere lentamente il dondolo, un'oscillazione quasi impercettibile.

– È diventato il tuo ragazzo? – azzardai.

– Macché. Perché me lo chiedi?

– Cosí, tanto per... – e distolsi lo sguardo.

– È entrato in seminario.

– Cosa? – Drizzai la schiena. – Non è vero, mi prendi in giro.

– Per niente.

– Filippo Langella, il migliore centravanti della scuola, colui che ogni ragazza desidera... vuole diventare prete?

– Ci ho parlato oggi nell'intervallo.

– Ma lo sa Goss?

– Non ne ho idea.

– Se hai scoperto una cosa simile prima di lei ci muore.

Arianna sorrise e inghiottí l'ultimo pezzetto di torta.

– Filippo è stato un vero caprimulgo, non pensi? – disse.

– Pensavamo di sapere chi era, invece quella che vedevamo era solo una maschera, lui era nascosto in mezzo alla polvere.

– Chi lo avrebbe immaginato...

Arianna fece un movimento buffo con la testa e io pensai che sarei potuto restare lí su quel dondolo, accanto lei, per il resto della mia vita.

– Invece, – continuò, mangiucchiando e seguendo il filo dei pensieri, che come quello dell'altra Arianna sembrava far da guida in un labirinto, – c'è un sacco di gente come Filippo. Te ne sei accorto? Giulio, ad esempio. Giulio è il primo della classe, ma credi che con il suo giro di amici faccia quello intelligente? L'altro giorno ho incontrato una che abita nel suo palazzo e viene a danza con me, e quando parlando di Giulio le ho detto che aveva la media piú alta di tutti si è messa ridere. Te lo giuro. Mi ha presa per una bugiarda. Ho faticato a convincerla. E hai presente Alessia, lei adora le maglie dei personaggi della Disney, magliette sciocche... ne ha l'armadio pieno, l'ho visto con i miei occhi. Un giorno le ho chiesto perché non le usava mai a scuola e lei ha detto che si vergognava, che a scuola preferiva mostrarsi diversa... sai, i pantaloni giusti eccetera. Che diamine significa, poi, *giusto*, vorrei proprio saperlo.

– Un mondo di caprimulgi, – bofonchiai.

– Già.

Dischiusi le labbra per dire qualcos'altro, ma mi fermai. Avrei voluto prenderle la mano, dirle che il principe dei caprimulgi ero io. L'imperatore. Un enorme contenitore di cazzate. Giacomo con cui farsi due risate. Giacomo che ha sempre la battuta pronta e che non ha un solo pensiero al mondo. Avrei voluto dirle di Gio e scusarmi per non avergliene mai parlato. Lei avrebbe detto che non c'era problema, sapevo che avrebbe detto cosí, ma non riuscii a spiaccicare parola. Invece dissi: – L'unico che si esalta a essere diverso è Pisone, e infatti non ha amici.

Goss si affacciò in quel momento. – Ehi. Volete rientrare e finire o alla prof portiamo una foto di voi due sul dondolo?

Mi alzai veloce, come fossi stato sorpreso a fare qualcosa che non andava. Arianna respirò l'aria fredda e rimase lí ancora alcuni stanti, gli occhi chiusi rivolti al sole tiepido del pomeriggio. – Qual è il prossimo animale? – domandò con un filo di voce.

– I pesci volanti, – rispose Goss.

– E qual è il sistema di difesa dei pesci volanti?

– Che volano, – rispose Goss. – A noi sembra volino perché gli piace, perché volare è bello, invece lo fanno per scappare dai predatori. Non è buffo? Sembrano liberi e poetici, ma in realtà volano per sfuggire dalla morte, i pesci volanti.

Tirannosauro, scelgo te

Una mattina ci portarono a una conferenza sulla sicurezza stradale, una cosa parecchio organizzata, con video *educational* in apertura, la testimonianza di un ragazzo che aveva perso il migliore amico in un incidente (causato da lui perché era ubriaco) e quella di un giovane sportivo, un canoista, che era lí per proporci, credo, un modello alternativo allo sballo, una roba tipo: se la pensi cosí tu, che sei uno strafigo, allora ha davvero senso fare attenzione. Ci portarono a questa conferenza, dicevo, e scoprii che c'erano anche alcune classi di altre scuole. Per essere precisi, della scuola di Vitto. Anzi, c'era proprio la classe di Vitto. E lo vidi. Vitto.

Gli tirai una scuzza sul collo, ci esibimmo nella specie di *haka* sbilenco che era il nostro modo di salutarci ed entrambi lasciammo i nostri compagni, contravvenendo alle indicazioni dei professori di stare tutti uniti, per andare a sederci vicini in un luogo neutro, in fondo alla sala.

– Quindi c'è pure quella che ti piace? – mi domandò Vitto.

– Chi, – dissi io, – Arianna?

– Lo saprai ben tu chi ti piace. O devo dirtelo io?

Alzai il dito puntandolo tra le teste dei due ragazzi seduti di fronte a noi, a destra. Vitto si sporse per vedere meglio.

– Capelli castani e maglioncino rosso?

Feci schioccare la lingua, che era come dire: sí, oggiaggià, proprio lei, beccata.

Vitto scosse la testa in segno di diniego.

– Che c'è?

– Troppo bella per te, Mazza.

– Ha parlato Brad Pitt.

– E che c'entra? Io mica la miro, una del genere. Le scelgo al mio livello. Meglio una cosí cosí ma raggiungibile, che una cui sbavare dietro per anni senza concludere.

– Io non le sbavo dietro.

– Vabbe', hai capito cosa intendo. Oh, guarda quelli…

Quattro file davanti un gruppetto di seconda era chino su un cellulare, forse per vedere un video, e alle loro spalle, silenziosa come uno squalo, si stava avvicinando la professoressa.

– Ora li sgama…

Beccati. Cellulare requisito.

In giro per la sala era tutto un chiacchiericcio, tipo il rumore del ghiaccio che scricchiola; la psicologa cui era stata affidata l'introduzione cercava di camminarci sopra gagliarda, ma si vedeva che aveva paura di sprofondare. C'era chi disegnava manga sul quaderno fingendo di prendere appunti, chi sonnecchiava, chi teneva gli occhi fissi sul palco ma la testa era da un'altra parte. Dietro di noi tre ragazzi piú grandi, forse del liceo, cominciarono a parlottare, ma io non gli prestai attenzione – era il turno del canoista, che in effetti era un tipo non male, divertente e veloce – finché nei loro discorsi, incandescente come lava, emerse la parola *Down*.

Non mi girai, però mi sintonizzai come una radio, escludendo tutte le altre frequenze.

Uno di loro stava dicendo che il suo cane era davvero un Down, che faceva cose idiote come rifiutarsi di mangiare se la ciotola non era esattamente in una certa posizione. Un altro intervenne dicendo che il suo, di cane, era ancora piú Down, che il giorno prima aveva sentito miagolare in televisione ed era impazzito, si era messo a correre per casa cercando il gatto e aveva tirato giú un vaso di vetro. Il terzo allora disse che se c'era un cane Down, quello era il cane di sua zia, il cane piú Down dell'universo, che aveva paura delle mosche e quando ne vedeva una ronzare per casa andava a nascondersi dietro la lavatrice; una volta una mosca gli si era avvicinata troppo e lui si era cosí spaventato che aveva tentato di passare dalla gattaiola, quel buco nella porta del balcone da cui i gatti possono entrare e uscire a piacimento, ed era rimasto incastrato.

Feci finta di girarmi come per cercare qualcuno e diedi loro un'occhiata. Che dire? Erano tre tipi *assolutamente* normali. E se ne stavano lí a dire cazzate, che poi è la cosa che si fa di piú a quell'età, cazzate innocenti come dare del Down al proprio cane. Pensai che in quel periodo, chissà perché, mi sembrava che la parola Down fosse sulle labbra di tutti, in ogni momento, e che chiunque, *chiunque*, la usasse a casaccio, senza badarci, come intercalare o per fare dell'ironia.

A voce bassissima, per non farmi sentire da quelli dietro, ne parlai con Vitto. Vitto aveva sempre una risposta.

– Oh, guarda, – disse lui, – da quando ci hanno rubato la Yaris nera vedo Yaris nere ovunque. È pazzesco giuro. Non mi ero mai accorto ce ne fossero tante. Ecco, è probabile che tu senta sempre la parola Down perché sei tu che ce l'hai in testa...

– Dici? Non può essere solo una coincidenza.

– E perché? La vita è piena di coincidenze. La sai quella di Hitler e Napoleone?

– Quale?

– Ce l'ha detto quella di Storia, ha detto che Hitler e Napoleone sono nati con centoventinove anni di diffe-

renza, sono andati al potere e hanno finito di governare con centoventinove anni di differenza e hanno dichiarato guerra alla Russia con centoventinove anni di differenza...
– E questo che c'entra con me che sento la parola Down?
– E che ne so? Però è una bella coincidenza, non trovi?

Un fine settimana, poco tempo dopo, ci trovammo con tutta la famiglia riunita; e quando parlo di tutta la famiglia riunita intendo con zia Federica, zio Paolo e nonna Bruna da parte di mamma, e con nonna Piera, zia Luisa e la sua famiglia e zia Elena e la sua famiglia da parte di papà. La famiglia di zia Luisa è composta da lei e da zio Myles, e da Stefano e Leandro, i nostri cugini; per diversi anni hanno vissuto a York, in Inghilterra, che è la città di zio Myles, finché non si sono trasferiti in Svizzera, a Zurigo. La famiglia di zia Elena, invece, è composta da lei e da zio Giovanni, e da Francesco e Tommaso, altri nostri cugini. Il lavoro di zio Giovanni li obbliga a spostarsi spesso, quindi hanno vissuto prima a Parigi, poi a Roma, poi a Rio de Janeiro, e ora sono tornati a Parigi.

Ci vediamo tutti insieme solo un paio di volte all'anno, e qualunque sia la stagione ci scambiamo sempre i regali di Natale. Quindi può capitare che ci scambiamo i regali di Natale a marzo o a luglio, tanto per dire.

Quella volta Gio ricevette in regalo uno stegosauro di gomma. In famiglia lo sanno tutti che per rendere felice Gio basta regalargli qualcosa che c'entri anche solo vagamente con i dinosauri. Ma quello stegosauro – chissà cos'aveva di speciale – ebbe su di lui un effetto ipnotico, piú di qualunque altro sauro gli fosse mai stato regalato: prese Gio e lo trascinò lontano, lui e la sua mente, in qualche mondo preistorico dove non era previsto avere relazioni con i parenti.

Gio afferrò lo stegosauro, si sedette a gambe conserte in un angolo e via, come se il resto del mondo fosse scomparso. Attorno era tutto un abbracciarsi, darsi pacche sulle spalle, fare battute, accavallare racconti, mescolare lingue e dialetti, mentre lui non finí neppure i saluti. Zii e nonne gli si avvicinavano per accarezzarlo, parlargli, strizzarlo. I cugini cercavano di coinvolgerlo. Ma niente.

Questo perché la sua vita è come un'istantanea. Gio scatta una foto, ci entra dentro e la vive, la tocca, la sporca, magari la straccia, poi ne fa subito un'altra. Tutto si esaurisce nel presente. In quel momento la cosa piú importante era il nuovo regalo, punto. Aveva rimbalzato pure la pasta al radicchio. Stefano, il piú grande dei cugini, dell'età di mia sorella Chiara, provò a chiamarlo, a dirgli di venire; provò ad allettarlo con una ciotola di noccioline, ma non ottenendo nessun risultato lasciò perdere e cominciò a chiacchierare con mio padre. Leandro, suo fratello minore, prendendo atto del fallimento di Stefano non ci provò neppure, a interagire, cosa che invece fecero i due cugini di Parigi, i piú piccoli: s'inginocchiarono accanto a Giovanni per giocare, con il risultato che dopo pochi istanti furono attaccati dallo stegosauro. Tommaso a quel punto si alzò, raggiunse sua mamma e le chiese: – Perché Giovanni non mi saluta? Cos'ha?

– Niente, – rispose zia Elena sorridendo. – Non preoccuparti. È solo che è preso dal suo nuovo gioco. Colpa nostra che abbiamo scelto un pupazzo troppo bello.

– Ma poi viene? – insistette Tommaso.

– Sí. Poi viene. Ora siediti qui…

Ecco. Ma poi viene? Cos'ha? Perché si comporta cosí? Erano le stesse domande che mi facevo io alla sua età; quelle che ora avevo deciso di lasciar scivolare via. Cominciammo a mangiare senza Gio. A quel punto le chiacchiere e gli aneddoti dei parenti, i racconti della loro vita all'estero, divennero una slavina inarrestabile, e io ne fui inebriato.

Zia Elena: – Ma lo sapete che a Rio i ricchi fanno le feste in piscina per il compleanno del cane? E poi c'è la gente che muore di fame davanti al loro portone.

Zio Myles: – Pensa che in *Switzerland* c'è partito politico *called* Anti-PowerPoint Party che *combatti the use of* Power-Point *duranti* i meeting politici.

Nonna Bruna: – *Mi no vo pí a Londra. So ndà na volta e gò visto sto carteo. Ghe go fato na foto –*. E ci mostrò una foto con un cartello su cui c'era scritto: «Private Road Children Dead Slow», che significa che bisogna andare piano perché la strada è privata e ci possono essere dei bambini che giocano. – *Co a me amiga gò xercà, e el voe dir che i putei i more lentamente nee stradee private. I xe mati a Londra.*

Ridemmo tanto da cadere dalle sedie. Ovviamente le lasciammo credere che il significato fosse quello. Io non sapevo piú da che parte girarmi, chi ascoltare. Avrei voluto avere dieci orecchie. Durante quei raduni di famiglia mi prendeva questa voglia fortissima di partire, di viaggiare: giocare a pallavolo sulle spiagge brasiliane, bere whiskey in Inghilterra, passeggiare al tramonto per i boulevard di Parigi. Avrei voluto che il mondo fosse una gelateria e le città vaschette di gusti diversi da assaggiare, in modo da poter scegliere il cono perfetto della mia vita.

Io.

Gio invece continuava a rimanere nel suo universo parallelo.

Gio giocava con lo stegosauro. Da solo. In silenzio.

Di tanto in tanto ci voltavamo a osservarlo.

E andò cosí per tutto il giorno.

Dopo pranzo lo chiamammo per il dolce, ma niente: c'era lo stegosauro. E quando venne l'ora di andarsene, di salutarsi, sapendo che ci saremmo visti chissà tra quanto tempo, provai a scuoterlo, a dirgli che venisse a salutare i cugini e gli zii. Ma nulla. C'era lo stegosauro.

Quando ci ritrovammo soli gli andai vicino e gli chiesi:
– Gio, perché non sei stato con noi?

Lui mi indicò lo stegosauro.

– Sí, ma ora non li vedrai per un anno, se non di piú.

Lui mi indicò lo stegosauro.

– Ma il pupazzo lo vedi anche domani. Ci hai fatto fare una brutta figura.

Lui mi indicò lo stegosauro. Come fossi io a non capire.

E io, io gli avrei dato fuoco, a quel dannato stegosauro.

Di quel periodo ricordo le discussioni con Gio a proposito delle regole del calcio durante le partite che organizzavamo in cortile: non è che gli fosse proprio chiaro il meccanismo, il fatto che, ad esempio, dovesse sia fare goal sia difendere. Non riusciva a capirne lo scopo. A lui interessava solo fare goal. Difendere era noioso. Anzi, gioiva anche quando eri tu a fare goal, perché per lui la competizione non esisteva, tantomeno la sconfitta. Un giorno gli insegnai il concetto di fallo e accidenti, maledetto quel giorno, cominciò a tirarmi certi calci; adesso la palla neanche la guardava. La rabbia mi cresceva dentro. Non mi divertivo piú per le sue stranezze come quando ero alle elementari.

Nonno diceva sempre che il divertimento è una cosa seria, e io, interpretandolo alla lettera, cominciai a ripetere a Gio allo sfinimento: – Devi fare goal. Devi fare goal. Devi fare goal. Devi fare goal. Devi fare goal. Non devi fare fallo. Non devi fare fallo. Non devi fare fallo. Non devi fare fallo. Non devi fare fallo. Non devi essere felice quando sono io a fare goal. Non devi rotolarti quando cadi. Non devi raccogliere un fiore mentre stai giocando. Se sbagli deve

dispiacerti. Non devi prenderla con le mani. Non devi ballare.
Non puoi sbagliare porta. Non puoi passarmela, siamo
avversari. Non si vince in due. Non fermarti a guardare le
nuvole. Tira piú forte. E no, accidenti, non puoi nasconderti
dentro la siepe per cogliermi di sorpresa, non puoi farlo
perché so che sei lí, perché ti vedo: gioca seriamente, per
tutti i santi!

Ma niente, piú cercavo di insegnargli, piú gli impone-
vo la mia visione, piú lui sbagliava. Era come insegnare
a un diplodoco a ballare in punta di piedi. E l'unica cosa
che pensavo era che io avevo ragione e lui no. Io sapevo
fare le cose e lui no. Io miglioravo e imparavo e lui no. Io
provavo a fargli fare i compiti, lui giocava con la matita,
rideva e io mi innervosivo, e a quel punto s'innervosiva
pure lui e finiva tutto in un vaffanculo generale.

Giovanni era una danza.

Giovanni *è* una danza.

Il problema è sentire la sua stessa musica.

Come quella frase attribuita a Nietzsche, avete presente?, che dice: Quelli che ballavano erano visti come pazzi
da chi non sentiva la musica. Ecco, a me, la sua musica,
in quel periodo, non arrivava proprio.

Un pomeriggio di aprile eravamo noi due da soli, al parco giochi. Ogni tanto capitava che mamma mi chiedesse di
portarlo fuori quando c'era bel tempo, e io, non trovando
la forza di dire no, acconsentivo, lottando con la paura di
essere visto da un compagno. Era un giorno di sole violen-
to e aria sottile. Uno scivolo, due altalene, un dondolo, gli
alberi, un paio di cani a inseguirsi nel prato.

Al parco, di solito, lo lasciavo scorrazzare tra i giochi
mentre io andavo a sedermi su una panchina, le cuffie
nelle orecchie. Ovviamente, Giovanni non giocava come

gli altri. Non si lanciava dallo scivolo, non si dondolava sull'altalena, non si arrampicava sul castelletto, piuttosto organizzava strane eruzioni di sabbia da vulcani invisibili, usava il dondolo per far saltare i pupazzi e veniva rapito da particolari minuscoli – un insetto, la ruggine sul ferro, un sasso dalle venature particolari – che studiava con cura da scienziato. Ecco, il suo modo di giocare era quello di un esploratore, di un ricercatore. Sempre pronto a lasciarsi abbagliare dalla meraviglia delle piccole cose.

Stava costruendo una struttura di ramoscelli alla base del castello con gli scivoli. Io lo guardavo distrattamente pensando ad Arianna, che inspiegabilmente mi aveva chiamato al telefono per chiedermi i compiti – e io, giuro, ero la persona meno indicata cui telefonare per sapere cosa studiare – e stavo ripercorrendo le parole che ci eravamo scambiati per capire se i compiti erano una scusa per parlare con me o se le servivano davvero. Stavo riesaminando il tono, i silenzi, le parole, cosí come Gio esaminava la natura al parco.

A un certo punto Giovanni si mise a giocare con una bambina, rischiando di farla cadere, con quel modo irruente di muoversi che aveva sempre. La bambina non sembrava troppo spaventata (per adesso) ma mi ero già trovato in situazioni simili, cosí urlai: – Fai il bravo con la bambina, Gio –. Cosa che fece allarmare il padre della piccola, seduto poco lontano a chiacchierare con un altro signore; l'uomo drizzò i baffi come fanno i gatti quando sentono un pericolo nell'aria, ma non fece nulla, non si mosse, non andò a recuperare la figlia, solo rimase vigile alcuni istanti, finché non venne riassorbito dalla discussione.

La bambina si arrampicò sullo scivolo e Giovanni si lasciò attrarre da qualcos'altro. Su uno degli alberi del parco, due corvi gracchiavano tra loro come se stessero per azzuffarsi. Era strana una giornata cosí calda in quella stagione, strana e magnetica, e io mi lasciavo coccolare dal sole, nelle orecchie la voce di Anthony Kiedis che cantava «With the birds I'll share / this lonely view».

Fu in quel momento che vidi passare in bici un ragazzino che avrà avuto dieci o undici anni. Era con due amici, ma si vedeva che era lui il capo del gruppo. Lo si notava dalla pedalata disattenta, dalla fiducia nei movimenti, dagli schiamazzi insolenti che gli volavano attorno come nugoli di moscerini mentre lui si limitava a sorridere. Guardare la gente è una cosa che mi piace, lo spettacolo è gratuito e s'imparano un sacco di cose, cosí continuai a fissarli. Finsero di inseguirsi, poi si fermarono alla fontanella a bere; uno di loro, con un giubbotto giallo fosforescente e i capelli ricci, si riempí la bocca d'acqua e spruzzò un getto verso i compagni, che si scansarono per non esser bagnati. Poi quello che sembrava il capo – indossava una felpa rossa e un cappellino da baseball – si voltò verso l'area giochi dove si trovavano Giovanni e la bambina e disse qualcosa agli altri. Questa volta fui io a drizzare i baffi come i gatti. Strizzai gli occhi e, a mano a mano che i tre si allontanavano dalle bici lasciate a terra e si avvicinavano a Giovanni e alla bambina, mi resi conto di conoscerli.

Quello in felpa rossa era Jacopo, il fratello minore di Paolo, uno che veniva nella mia scuola, in terza, ma in un'altra sezione. Se mi avesse visto con Giovanni, se anche solo mi avesse associato a lui, di sicuro sarebbe andato a raccontarlo al fratello.

Non ricordo di preciso cosa stesse facendo Giovanni, ma era una di quelle cose strane tutte sue, tipo far scontrare in aria un T-Rex e un velociraptor e immaginare che dopo un buco nella terra li risucchiasse entrambi, il tutto accompagnato da un'esplosione nucleare di pezzi di legno e foglie.

– Guardate qui, ragazzi, – fece Jacopo avvicinandosi a Giovanni. – Ma cos'abbiamo?

Uno degli altri si guardò attorno per vedere se qualche adulto si stesse già avvicinando in difesa del figlio, ma no, nessun adulto all'orizzonte. Solo un fratello maggiore codardo poco distante, seduto ad ascoltare i Red Hot Chili Peppers e intento a graffiare con le unghie il legno della panchina per sfogare la propria frustrazione.

Giovanni non si era ancora accorto di niente e continuava nel suo gioco, come chiuso dentro una bolla spazio-temporale. Lui non li aveva visti, non li sentiva. Io invece sí. Per un buffo gioco di vento le voci mi arrivavano limpide quasi li avessi avuti di fronte, cosí da poterli toccare.

– Ma avete guardato la faccia?

– E la lingua? Ma che lingua ha... Non ci posso credere.

– Ehi! Cosa stai facendo testa piatta?

Ora erano in cerchio intorno a lui, simili a indiani che assediano una carovana, e a quel punto anche Giovanni non poté evitare di notarli. Alzò gli occhi da sopra le lenti da vista. Ero troppo lontano per coglierne lo sguardo, ma sapevo con assoluta precisione quale, delle sue molte espressioni, stava rivolgendo loro: una via di mezzo tra dubbio, noia e inquietudine.

Jacopo si accucciò e gli batté sulla fronte con un dito. – Ehi, c'è nessuno qui dentro?

Grandi risate da parte degli altri.

Ecco, era quello il momento. Il momento in cui un fratello avrebbe dovuto alzarsi dalla panchina, andare dritto dallo Jacopo di turno e, con l'aria di chi aveva cose piú importanti da fare, chiedere se c'era qualche problema.

Alzati, mi dissi. Fai vedere che sei suo fratello. Alzati. Sceglilo, cazzo, sceglilo.

Il ragazzino con il giubbotto giallo disse: – Ma secondo voi se mi avvicino mórde?

Altre risate.

Ero paralizzato. Avevo il fiatone come dopo una corsa, ma le chiappe erano incollate alla panchina. Continuavo a ripetermi che dovevo alzarmi, dovevo andare ad aiutarlo, eppure la mia stessa voce, nelle orecchie, mi risuonava come dal profondo di un pozzo, ipnotica e pigra.

– Ha gli occhi da cinese, – disse un altro.

– Dicci qualcosa in cinese, dài... Cosa sai dire? Suca lo sai dire in cinese?

Risate.

Gio ormai l'aveva capito che non stavano giocando, anche se è uno cui le prese in giro scivolano addosso. A lui sarebbe bastato poco, pochissimo. Avere un fratello. Uno vero. Non uno smidollato come me. Uno che facesse correre via quegli stronzetti come si cacciano i randagi che scavano sotto le aiuole. A lui sarebbe bastato un niente per far finta che nulla fosse successo. Per questo si voltò verso di me, per chiedere quel niente che pensava io fossi in grado di offrirgli.

Cercò il mio sguardo.

Io lo abbassai.

Mi concentrai sulle parole di Kiedis, «Scar tissue that I wish you saw».

Fu a quel punto che Jacopo fece la linguaccia a mio fratello, producendo con la bocca un rumore disgustoso. Gio non capí piú niente e urlò: – Tirannosauro! – Lo urlò piú forte che poteva: – Tirannosauro! – Voleva che il tirannosauro lo salvasse, almeno lui, visto che io lo avevo abbandonato. – Tirannosauro! – urlò. Due, tre, quattro volte. Ma il fatto è che l'unico a capire che stava dicendo *tirannosauro* ero proprio io, il suo fratello inutile. Perché a causa della pronuncia biasciata, quello di Giovanni era piú che altro un urlo incomprensibile che incendiò ancora di piú l'ilarità del gruppetto.

Non stavo guardando. Fu solo di sottecchi, quasi per caso, che vidi avvicinarsi il padre della bambina. Anche Jacopo e i suoi lo videro arrivare, e forse pensando che fosse il padre o lo zio di quel mezzo matto che stavano prendendo in giro, girarono sui tacchi e corsero via. Il padre si chinò accanto alla figlia, le aggiustò il colletto, disse qualcosa di dolce che la fece sorridere, poi la prese per mano e si allontanò.

Attesi di vederli sparire oltre la fontana.

Jacopo e i suoi scagnozzi avevano già raccolto le bici e se n'erano andati.

Fu solo a quel punto che mi alzai e corsi da Giovanni.

Non c'era piú nessuno nel parco: non i bulletti, non altri bambini, persino gli anziani e i cani sembravano spariti. E dato che non c'era piú nessuno, mi inginocchiai accanto a Gio, che seppur contrariato aveva ripreso come niente fosse a giocare. E scoppiai a piangere.

Piansi, piansi. Gio mi guardava, incuriosito, senza commentare. Volevo abbracciarlo, ma non ci riuscivo. Cercai di ricompormi e gli dissi che era ora di tornare a casa, ma anche per strada le lacrime non smettevano di scendere. Gio mi chiedeva spiegazioni con gli occhi e in risposta riceveva lacrime. Non riuscivo a guardarlo. In silenzio – silenzio rotto dai motorini di passaggio e dai singhiozzi – raggiungemmo viale dei Castagni.

Giunti davanti al nostro cancello Gio suonò il campanello.

– Non c'è nessuno, – dissi smoccolando. – Ho le chiavi… – Mi toccai nelle tasche. Dove le avevo messe?

Giovanni suonò di nuovo.

– Ho detto che non c'è nessuno, aspetta... – e intanto tastavo pantaloni e giubbotto, e con la manica mi asciugavo il naso.

Giovanni suonò ancora. A lui piaceva suonare il campanello.

– Non c'è nessuno, lo vuoi capire? Aspetta un secondo... – La chiave, però, non saltava fuori, dovevo averla persa. Eravamo chiusi fuori. Giovanni, il pollice sul pulsante, continuava a suonare, a suonare, a suonare. Sorridendo. E il suono del campanello mi attraversava la testa, finché: – Basta cazzo! Ho detto che non c'è nessuno, – urlai. – Smettila!

E urlando lo spinsi a terra.

Little John

– Il trucco è questo, – mi spiegò papà afferrandomi per le spalle, – devi sembrare convinto –. Si era messo in ginocchio sul tappeto e mi guardava dritto negli occhi. Nell'aria c'era odore di pomodori e cipolle: mamma aveva deciso che era ora di fare la conserva.

– Dici? – risposi io sconfortato, scuotendo la testa.

– Chiedimi qualcosa.

Sbuffai. – Cosa?

– Una cosa qualunque.

– …

– Dài dài dài, fammi una domanda.

– Da che cosa è provocato il riscaldamento globale?

– Dalle scoregge di mio figlio, – rispose papà come fosse ovvio.

– Davide! – si lamentò mamma.

Io scoppiai a ridere.

– Non darle retta, – disse lui. – Non importa cosa dici, – e mi strinse le spalle ancora piú forte, come per lasciarci l'impronta della mano, – ma *come* lo dici. Ci siamo capiti?

Annuii.

– Davvero?

Annuii di nuovo.

Insomma, strisciando tra le sterpaglie della vita come un brigante ero arrivato al giorno dell'orale di terza media. La faccenda era che metà dei professori mi adorava, mentre l'altra metà, piuttosto che vedere la mia faccia, avrebbe preferito rotolarsi nel fango. In Storia, Scienze, Matematica e ginnastica (sí, ginnastica) non strappavo un sei dalla fine della Guerra dei trent'anni – che ovviamente non avevo idea di quando fosse stata, ma certo era passato un sacco di tempo – mentre in Tecnica, Arte, Italiano, Musica, Inglese e Religione (sí, Religione, embè?) era sufficiente che alzassi la mano per prendere un bel voto. Storia, tra le materie da abbattere, era poi la prima della lista. Per qualche motivo misterioso, forse dovuto alla particolare conformazione delle mie sinapsi, era per me molto, ma molto piú facile mandare a memoria una qualsiasi delle poesie di William Blake che tenere a mente, chessò, la data dell'armistizio di Villafranca.

Uscii in giardino, dove Chiara, Alice e Gio stavano facendo colazione bagnati da un sole dolcissimo. Nell'aria c'era quell'allegria che sempre soffia sulla vita e sugli uomini alla fine di giugno: gli uccellini cantavano, le api ronzavano attorno ai vasetti di marmellata e ogni respiro era una boccata di speranza.

– Io vado, – dissi.

– In culo alla balena, – fece Chiara.

– Sperando che non caghi, – disse Alice.

Voltai la schiena e alzai la mano in segno di saluto e vittoria, ma a metà del vialetto mi girai di nuovo. – Ehi, Joe.

Lui levò lo sguardo dal latte di riso e mi guardò come a dire: che c'è, che vuoi, non vedi che sto bevendo?

– Vado via, – dissi.

– Venti minuti? – chiese lui posando la tazza dei Power Rangers.

– Sí. Vado via per venti minuti. Consigli?

Gio indicò un diplodoco, il dinosauro con il collo dritto e lungo che sbucava tra le tazze e i barattoli ammassati sul tavolo.

– Devo uscirne a testa alta?

Lui annuí. E si rituffò nel latte.

La risposta era stata un po' criptica, ma decisi di interpretarla come mi faceva comodo.

Comunque fosse andata, l'importante era uscirne a testa alta.

E fu cosí che io e la Fosca, entrambi agitati, io piú di lei, i Black Keys nelle orecchie, corremmo incontro al destino in quella splendida mattina di inizio estate. Le medie erano finite. Pazzesco. Mi sembrava ieri che ero entrato in classe per la prima volta. Ma il tempo è cosí: il tempo è un bastardo. Ti fa gli agguati, rallenta quando vorresti vederlo correre, corre quando vorresti fermarlo.

Pedalando verso scuola, quella mattina, mi chiesi se la fine delle medie era davvero una fine o se forse potevo considerarlo un inizio: l'alba di un nuovo giorno. Forse sarei riuscito a mettere ordine nei miei pensieri e nelle mie paure, scoprire chi ero e cosa volevo fare. In casa c'era stato una specie di consiglio di guerra per aiutarmi a decidere a cosa iscrivermi e alla fine si era deciso per il liceo Scientifico.

Arrivato alla media Giorgione, in cortile incontrai Goss, che aveva appena sostenuto l'esame.

– Ehi, come è andata?

– Be', spero che aver detto giusto il nome li convinca ad alzarmi il voto...

– Quale nome?

– Il mio.

– È andata cosí male?

Si strinse nelle spalle. – E chi lo sa?

– Le domande peggiori?

– La Tasso, ovviamente. Pensa che mi ha chiesto quando Napoleone ha dichiarato guerra alla Russia. Cioè, dico, io nemmeno ricordavo gli avesse dichiarato guerra. Voglio dire, era il primo argomento dell'anno…

– E no, – dissi scandalizzato. – Non si fanno domande cosí.

– Non si fanno no.

Mi grattai una guancia e feci per salutarla e andarmene, poi mi voltai. – Senti, giusto per saperlo, Goss, caso mai me lo chiedesse…

– Cosa?

– Quand'è che gli ha dichiarato guerra?

– 1812. Alla fine me lo ha detto lei. Sguardo di ghiaccio, voce disgustata. Hai presente?

Annuii.

– Vabbe'. Io vado.

– Ci si vede.

– Ci si vede.

Rimasi lí nel cortile a osservarla andare via a testa bassa, le braccia penzoloni lungo i fianchi e i piedi che strisciavano sul selciato disegnando due binari di sconforto. Alzai lo sguardo alle finestre della mia aula come un condannato. Inutile attendere oltre, pensai. E mi avviai.

Almeno ci fosse stata Arianna, con me. Ma lei era passata il giorno prima. Cosí mi toccò attendere il mio turno in corridoio con un paio di compagni di quelli che a mala pena ciao ciao la mattina, ciascuno rintanato nelle proprie paure: c'era chi ripeteva date e formule muovendo solo le labbra, a occhi chiusi, che sembrava pregasse; chi non riusciva a stare fermo e camminava avanti indietro; chi si lasciava andare a risatine nervose e sembrava si fosse fatto una betoniera di caffè.

Insomma. Venne il momento.

– Buongiorno, – dissi entrando. I banchi erano stati sistemati a ferro di cavallo, la classe era piccola, piú piccola di come la ricordavo, dovevano aver spostato i muri durante la notte, e oltre i vetri polverosi splendeva un sole potente e vacanziero che mi distraeva. L'aula si affacciava sul cortile. Pensai che dovevo cercare una via di fuga. Per evadere. Ma era tutto sigillato.

– Oh, ma abbiamo Mazzariol, – dissero in coro i professori di Tecnica, Arte, Italiano, Musica, Religione e Inglese, rilassandosi. Alcuni persino sorrisero, cosa che mi fece stare bene.

– Oh, ma abbiamo Mazzariol, – dissero i professori di Matematica, Educazione fisica e Scienze, con la voce di chi ha appena visto un scarafaggio uscire da una crepa. Drizzarono la schiena, impugnarono le penne come coltelli e si premettero gli occhiali sul naso con la punta del dito. Alcuni cominciarono a sfogliare il libro di testo, pensando a cosa chiedermi. Proprio al centro del plotone c'era lei: la professoressa Tasso, di Storia. Lei non mi salutò nemmeno.

– Che cosa hai portato? – domandò senza guardarmi.

– Posso sedermi prima? – dissi, pentendomi subito del tono arrogante con cui mi era uscita la frase, che di per sé non voleva esserlo: se non mi sedevo rischiavo di svenire.

Lei mi fece segno di accomodarmi.

Strisciai la sedia per avvicinarla provocando un rumore fastidiosissimo.

– Allora? – disse, facendo una smorfia e tamburellando con le dita sul banco.

– Ho portato un lavoro…

La Tasso tossí per schiarirsi la gola, cercò una caramella nella borsetta.

– ... sull'arte della persuasione.

I professori cui piacevo mi rivolsero uno sguardo benevolo e si scambiarono robusti cenni d'assenso. Gli altri arricciarono le labbra a cavolfiore.

– Avanti, – grugní la Tasso. – Parlacene.

Risposi e me la cavai discretamente.

Poi però cominciarono le domande sulle materie. Era finita la prima tappa, ora cominciava la salita. Mi sembrava di avere in mano il fiore del mio voto e di strapparne i petali recitando m'ama non m'ama: una domanda era di un professore buono, una di uno cattivo, essendo l'unico metro per decidere se un professore era buono o cattivo il fatto che fosse con me o contro di me, ovviamente.

Quella di Scienze mi chiese se la mia ricerca poteva essere collegata al sistema nervoso. Arte della persuasione e sistema nervoso?, pensai. Cosa c'entrano? Io ero nervoso e stavo parlando della persuasione, ma non credo fosse questo il collegamento. In ogni caso dissi di sí, perché se lo aveva chiesto era ovvio che la risposta fosse quella, ma dopo un guazzabuglio di frasi che non portavano da nessuna parte mi fece segno di smettere e si chinò sul foglio a scrivere qualcosa con la stessa gioia con cui si toglie una mosca dal piatto. Quello di Tecnica, amico mio, mi chiese di che materiale era il lavoro che avevo portato. Pensai a un tranello, ma no, non poteva essere, dissi: – Di carta... – e lui annuí. Il professore di Educazione fisica chiese cos'era un movimento sagittale. Pensando a quello che mi aveva detto papà cominciai serio a parlare del sagittario e del movimento con cui si scocca una freccia, ma il professore mi bloccò con un gesto della mano prima ancora che potessi pronunciare la parola «costellazione».

Bene in Musica e in Arte. Benissimo in Inglese.

Disastro in Matematica.

Infine arrivò Storia.

La Tasso indossava una camicetta grigio antracite e un golfino verde palude. Prima di fare la domanda mi squadrò a lungo da sopra gli occhiali. Trattenni il fiato, sentii i coyote ululare e le balle di fieno trasportate dal vento spazzare il deserto.

– C'è un argomento di cui vorresti parlare? – sibilò.

– Be', ecco, il discorso sulla persuasione, ecco, si potrebbe collegare per esempio... alla propaganda italiana dopo la conquista di Libia.

– Quindi ti sei preparato sulla conquista della Libia?

– Sí.

– Bene. Parliamo della Seconda guerra mondiale.

Non era vero che mi ero preparato sulla conquista della Libia, anzi, tra tutti gli argomenti era quello di cui sapevo meno, ma ero sicuro che se avessi detto che l'avevo studiata lei non me l'avrebbe chiesta. Ma la Seconda guerra mondiale? Cosa sapevo, invece, della Seconda guerra mondiale?

– In che anno Hitler dichiarò guerra alla Russia?

Panico.

Rumore bianco.

Radiazioni dallo spazio.

Hitler. Russia. Hitler uguale Germania. Russia uguale Russia. Seconda guerra mondiale: dal '40 al '45. La Germania evidentemente era contro la Russia. Il mio cervello si trasformò per alcuni secondi nella fabbrica di cioccolato di Willy Wonka: gli Umpa Lumpa cantavano e lo zucchero filato scorreva a fiumi. Finché d'un tratto, luminoso, emerse il ricordo di una conversazione: Vitto, la conferenza sulla sicurezza stradale, un discorso sulle coincidenze, e una cifra: centoventinove. Hitler e Napoleone avevano fatto cose simili a centoventinove anni di differenza. Cos'è che aveva detto Goss? Che Napoleone aveva dichiarato guerra alla Russia nel 1812. Quindi Hitler aveva fatto la stessa cosa centoventinove anni dopo. Quindi bastava sommare 129 e 1812. Ma come si fa a fare 1812 piú 129 senza calcolatrice? È un calcolo *mostruoso*.

– Mazzariol, – disse la Tasso.

– Sí?

– Sto aspettando.

– Sí.

1812 piú 129, maledizione. Ragiona, mi dissi, stai calmo e ragiona. 1812 piú cento: 1912. Piú venti: 1932.

– Non abbiamo tutto il giorno, Mazzariol. Quando. Hitler. Dichiarò guerra alla Russia.

– Sí… subito… mi dia ancora un istante.

1932 piú nove, 1932 piú nove, 1932 piú nove… 1943. 1943? No: 1941.

– Mazzariol, non…

– 1941, – dissi.

La Tasso tirò indietro le spalle e sgranò gli occhi, ma appena appena; una tensione lieve le attraversò le labbra senza trasformarsi in nulla, meno che mai in un sorriso.

– Vai avanti, – disse.

E io a quel punto, galvanizzato dalla gloriosa prestazione sia logica sia matematica, andai davvero avanti. Non che avessi molto altro da dire, ma sempre agganciandomi al consiglio di papà mostrai ogni grammo della mia spavalderia inanellando una serie di fatti ed eventi che anche solo vagamente avevano a che fare con la Seconda guerra mondiale, parlando tanto in fretta da impedire a chiunque, persino alla Tasso, di interrompermi per fare altre domande. Insomma, fatto sta che a un certo punto la Tasso alzò le mani con i palmi rivolti verso di me, gli occhi semichiusi e disse: – Va bene, va bene, Mazzariol. Bene cosí. Basta. Puoi andare.

E io mi alzai, uscii dall'aula a testa alta come un diplodoco, scesi in cortile. E il mondo era una matassa di gioia tutta da dipanare.

Poi arrivò luglio. E con luglio il mare.

Ogni anno andavamo al mare per tre settimane: sempre nello stesso campeggio, con la nostra solita roulotte da sei, nella medesima piazzola delle estati precedenti.

Il programma al mare della famiglia Mazzariol era questo: sveglia alle dieci, spiaggia, mezz'ora per spalmare a tutti la crema solare, bagno, rientro alla roulotte a mezzogiorno, pranzo all'una. Il pranzo lo preparavamo un giorno a testa, e il sabato, quando toccava a Gio, c'era pizza; la domenica, invece, ognuno sperava che qualcun altro si mettesse magicamente ai fornelli. Il riposo pomeridiano era previsto fino alle tre – anche se con Giovanni nei paraggi era impossibile riposarsi davvero, perciò attendevamo semplicemente che venisse il momento di rimetterci la crema e andare in piscina. Lí avevamo il permesso di stare fino alle cinque; seguiva merenda con frutta Nutella pane, poi di nuovo la crema solare e tutti al mare fino alle sette. Quindi doccia, cena, balli del campeggio che non ballavamo, spettacolo del campeggio che non seguivamo. Gelato alle dieci. Roulotte, pigiama, nanna. Le giornate erano scandite sempre dagli stessi ritmi, eppure con Giovanni non erano mai uguali.

Nella zona l'ottanta per cento dei turisti era tedesco. È lí che ho imparato a dire *Die Katze in der Kühl*, il gatto in un luogo freddo, e *Meine Kuli ist rot*, la penna è rossa.

I tedeschi.

Gente interessante.

Ricordo che quelli del campeggio passavano un sacco di tempo dentro o davanti le loro roulotte, mangiavano tonnellate di Nutella, bevevano ettolitri di birra e si cospargevano di continuo di crema solare. Ricordo che i bambini andavano in giro con bici senza pedali, quelle a spinta, non potevano fare il bagno in mare (vietato) e per questo si tuffavano in piscina anche quando non si poteva. Ricordo il mio stupore nel vederli cenare mentre noi finivamo la merenda. Usavano parole lunghissime e in ogni famiglia almeno uno aveva sempre la maglia di un giocatore della nazionale. Tra gli italiani del campeggio, d'altra parte, c'era una famiglia con un bambino di nove anni che sparava al nulla tutto il giorno con un fucile giocattolo da cui usciva il suono *fire fire*, e un'altra che aveva sistemato con evidente orgoglio una serie completa di nani da giardino fuori dalla porta della roulotte.

Quell'estate accaddero tre fatti di assoluta importanza.

Il primo ebbe luogo una sera, durante uno degli agghiaccianti spettacoli messi in piedi dagli animatori. A dirla tutta, quello in particolare era meno agghiacciante di altri – una recita a tema *Il re leone* – e infatti noi quattro – Chiara, Alice, Giovanni e io – eravamo andati a sederci in prima fila. Su cento sedie, novantasei erano occupate da biondi teutonici, quattro da bruni Mazzariol. Nonostante l'evidente maggioranza di stranieri il campeggio si ostinava chissà perché a fare le recite in italiano, motivo per cui i novantasei biondi tedeschi guardavano alternativamente il palco e noi bruni Mazzariol per capire quando ridere o applaudire.

A un certo punto, durante una fase di lotta piuttosto concitata tra Scar – non il mio amico, quello della storia – e

Simba, mi accorsi che Gio, fino a un secondo prima seduto accanto a me, era scomparso.

Scossi il braccio di Chiara. – Ehi, Gio si è dileguato.

– E dov'è andato?

– Non ne ho idea.

Chiara si alzò in piedi per guardarsi attorno e in quel momento sentimmo i tedeschi ridere. Mi chiesi se per caso avessero male interpretato il gesto di mia sorella. Ma no. Non era per quello. Fu Alice la prima ad accorgersi di ciò che stava capitando. – Guardate. Eccolo… – disse indicando il palco.

Gio ci era sgattaiolato sopra chissà come, e preso da una furia vendicatrice si era lanciato addosso all'attore che impersonava Simba (il buono) che in quel momento stava lottando con Scar (il cattivo).

– Vado a prenderlo, – sbuffai, e feci per alzarmi, ma Chiara mi trattenne per il braccio.

– No, lascialo.

– Ma…

Mia sorella mi tirò giú e mi fece sedere. – Lascialo fare. Non è detto che le storie debbano sempre finire come sono state scritte.

Ora, il fatto è che a quanto pare Giovanni non aveva capito esattamente chi fosse il buono e chi fosse il cattivo, e provando un'istintiva simpatia per Scar aveva deciso di correre in suo soccorso, accanendosi con tutte le sue forze sulle gambe dell'attore che avrebbe dovuto, secondo copione, vincere la battaglia, e che invece, cercando sia di continuare la recita sia di liberarsi di Gio senza fargli male, finí per ruzzolare su una roccia tirandosi dietro il fondale di cartapesta con tanto di palma finta.

Tra i bambini tedeschi l'euforia si mutò in vero e proprio delirio: scattarono in piedi tutti insieme e cominciano a battere le mani e a urlare come ossessi con quelle loro lunghe frasi incomprensibili.

Mai, nella storia del campeggio, spettacolo ebbe maggiore successo.

Il secondo fatto importante di quella vacanza al mare ebbe come protagonista il bambino italiano, quello con il fucile che faceva *fire fire*. Una mattina si avvicinò a me, Alice e Gio, che stavamo passeggiando per le stradine del campeggio in attesa che Chiara, mamma e papà si svegliassero. Teneva la sua arma sulla schiena, a tracolla. Quando ci vide la imbracciò neanche dovesse affrontare una pattuglia nemica e: – Cos'ha? – chiese fermandoci e puntandoci il fucile addosso.

– Chi? – chiese Alice.

Indicò Gio con il mento. – Lui.

Alice si girò a guardare nostro fratello, come se non capisse. Poi, facendo la faccia stupita, chiese: – Perché?

– Parla strano.

– Parla strano?

– E ha una faccia strana.

– Oh! – fece Alice premendosi un dito sulla tempia e allargando un sorriso conciliante. – Ho capito. Scusa. È che non siamo abituati a incontrare persone che non ci sono mai state…

– Dove?

– In Groenlandia.

Il bambino con il fucile aggrottò le sopracciglia. – In Groenlandia?

– Sí. Ci abitiamo parte dell'anno. Nostro padre fa l'esploratore.

– Abitate in Groenlandia?

– Parte dell'anno… – puntualizzò Alice facendo svolazzare una mano. – E lui è nato lí, per questo parla solo groenlandese, ovviamente. E dei groenlandesi ha i caratteri somatici.

– Groenland...

– Groenlandese. Detto *kalaallisut*. O eschimese di Groenlandia.

Il bambino schiuse la bocca come un pesce; occhi e guance molli. Il fucile sempre puntato contro di noi.

Giovanni disse qualcosa, qualcosa il cui senso era: Dobbiamo star qui a perder tempo con questo idiota? Alice, con grande prontezza di riflessi, rispose mettendo in fila una serie di parole con tante *t* e tante *k*.

– Cos'avete detto? – chiese il bambino con il fucile.

– Che è ora che andiamo. I nostri genitori avranno già fatto bollire il latte di renna.

– Latte...

– Sí, guarda, ma lo sai che è difficilissimo trovarlo? Non capisco perché non lo importino. Be', è stato un piacere conoscerti. Se vuoi assaggiare il latte di renna passa a trovarci...

Alice riprese a camminare passando oltre il bambino, che aveva l'aria di uno cui è appena atterrato davanti un disco volante. Giovanni gli sorrise, fece ciao ciao con la mano. Io subito dietro. Quando fummo abbastanza lontani mi voltai a sbirciare: era ancora lí, il fucile a mezz'aria e lo sguardo fisso su di noi, pieno di meraviglia.

– Sei stata straordinaria, – dissi ad Alice. – Come ti è venuta in mente 'sta storia della Groenlandia.

– L'ho studiata ieri, – disse lei scrollando le spalle. – Era tra i compiti delle vacanze.

La osservai.

La invidiai.

Invidiai la naturalezza con cui aveva difeso Giovanni.

La stessa che avrei voluto avere io, al parco, pochi mesi prima. Proprio ciò che non riuscivo a fare. Il coraggio che non riuscivo a trovare. Alice era la mia sorellina minore, ma in confronto a me si era dimostrata gigantesca.

Il terzo fatto importante fu la faccenda della Nutella. Ecco, andò cosí. Io e Gio eravamo andati al supermercato a comprare il latte per la colazione – non quello di renna, no – e già che c'ero, sapendo che la Nutella era quasi terminata, dissi a Giovanni di prenderne un barattolo mentre io andavo nel reparto frigo.

Recuperata la solita bottiglia di parzialmente scremato tornai a cercarlo.

E lo trovai.

Lo trovai nella corsia delle marmellate e dei biscotti.

Ma c'era da non credere ai propri occhi.

Invece di prendere un solo barattolo di Nutella, Gio si era impadronito di un carrello, lo aveva trascinato nella corsia e lo aveva riempito di barattoli, anzi, non di barattoli, di *tutti* i barattoli di Nutella che c'erano sullo scaffale; lo aveva svuotato, poi era salito sul carrello e ora mi stava aspettando a gambe incrociate e braccia conserte: re d'una collina di cioccolato.

La prima cosa che mi salí nel petto, come al solito, come ogni volta in cui si comportava in quel modo, fu un miscuglio di imbarazzo e rabbia. Ecco, pensai, ora verranno a sgridarci, se la prenderanno con me e avremo fatto la solita figura di merda.

– Che diamine hai combinato? – urlai senza urlare, soffocando le parole.

Lui disse qualcosa tipo che avremmo avuto Nutella per sempre, per tutta la vita, mi fece segno di spingere e correre via, e si atteggiò a imperatore del nulla, come suo solito: portò una mano al mento, l'altra al fianco e fece la faccia da duro.

Ma a quel punto successe qualcosa.

Non saprei dire cosa, di preciso.

Fu come il sole di mattina, quando filtra attraverso la tapparella che cerca di chiuderlo fuori e lui no, liquido e imprescindibile non si lascia imbrigliare, s'infila in ogni buco, in ogni fessura. Pensai ad Alice, alla sua reazione di fronte al bambino con il fucile. Pensai a Chiara, a quando aveva detto lascialo fare, che non è detto che le storie debbano sempre finire come sono state scritte. Ecco. Chi è che aveva scritto la nostra storia? Chi è che aveva sceneggiato la relazione tra me e Giovanni, e tra me, lui e il mondo, chi? Nessuno. Eravamo noi gli scrittori. Mia poi era la responsabilità di decidere come sarebbe finita la nostra storia. Nessuno instillava la paura del giudizio nel mio cuore, ero io a nutrirla.

Decisi di stare al gioco.

Sorrisi. Sorrisi a Giovanni e alla sua vita obliqua, al modo leggero con cui si prendeva gioco di tutto e di tutti. Pensai che il campeggio era pieno di tedeschi che si nutrivano di Nutella e birra, e che qualcuno sarebbe senza dubbio passato, prima o poi, per comprarne un barattolo. Percependo un'improvvisa euforia, presi il carrello con Gio, lo spinsi in fondo alla corsia e ci sedemmo ad aspettare. Non erano trascorsi neppure dieci minuti che un signore in sandali e maglietta che sprizzava tedeschitudine da ogni poro si avvicinò allo scaffale in cerca di qualcosa che a quanto pare non stava trovando. Si guardò attorno incredulo, bofonchiando qualcosa, poi, deluso, fece per andarsene. Venne verso di noi con lo sguardo che raschiava il linoleum. Ci passò di fronte. Alzò la testa e gli occhi, e fu in quel momento che s'illuminò. Guardò il carrello pieno di barattoli di Nutella. Guardò noi. Poi di nuovo il carrello. Poi di nuovo noi.

– Nutella, – disse indicando i barattoli.

– *Ja*, – dissi io.

Lui si lanciò in una roba lunghissima, una frase alla Mary Poppins con diverse *m* e alcune *z* che, intuii, voleva dire che aveva assoluto bisogno di un barattolo di Nutella e ci chiedeva se per favore potevamo cedergli uno dei nostri.

– Uno? – chiesi mostrando l'indice.

– *Ja*. Uno… – rispose lui.

Feci la faccia dubbiosa. Io e Gio fingemmo di parlottare animatamente. Finché, dopo un tempo lunghissimo durante il quale vedemmo il signore tedesco friggere come una patatina, dall'alto della nostra magnanimità acconsentimmo a cedergli un barattolo.

Mancava solo che ci abbracciasse. Non sapeva piú come ringraziarci. S'inchinò persino, una volta o due, stringendo al petto il barattolo, e prima di girare verso le casse urlò *Danke* e si voltò sventolando la mano.

Io e Gio non facemmo in tempo a commentare la cosa che subito altri due tedeschi, una mamma con un bimbo piccolissimo e un signore anziano, si avvicinarono, l'una a distanza di pochi secondi dall'altro, allo scaffale dove, ahimè, non trovarono i barattoli di Nutella che cercavano. Be', la cosa andò pressappoco nello stesso modo: loro disperati che ci passano accanto, vedono il carrello e vedono Giovanni sopra i barattoli, cominciano ad arrampicarsi sull'italiano come su una pietraia, infarcendo le frasi di strafalcioni buffissimi, roba che per non scoppiare a ridere io e Gio dovevamo pensare alle cose piú tristi del mondo, e loro, sempre loro, che, quando vedono che noi, splendenti di generosità, accettiamo di condividere una delle nostre Nutelle, si prodigano in ringraziamenti. Il signore anziano ci lasciò perfino una mancia. Io tentai di rifiutarla, ma lui mi mise in tasca un euro, mi arruffò i capelli e scappò via, come se temesse un nostro ripensamento.

Passammo quasi un'ora a distribuire Nutelle, regalando felicità.

Poi tornammo alla roulotte. Senza, però, la cosa essenziale: la Nutella. Papà non ci parlò per un'ora.

Per il resto del soggiorno fummo assediati da tedeschi che, quando ci incontravano in giro per il campeggio, si fermavano a salutarci, a ringraziarci, e piú d'uno prese da parte mamma e papà per dire loro che figli meravigliosi avevano cresciuto.

Arrivò quindi il tempo di tornare a Castelfranco, la patria del radicchio.

Ma non fu il solito ritorno. Qualcosa era cambiato. In me e attorno a me.

Vitto era in vacanza in America con la famiglia, Arianna in Puglia dai parenti e aveva deciso di staccare il telefono per disintossicarsi, o una roba cosí, di modo che, non volendo chiamare i suoi genitori, l'unico modo che avevo per sentire la sua voce era lasciar parlare la segreteria.

Per fortuna c'erano Brune e Scar.

La prassi, dopo pranzo, divenne quindi prendere la Fosca e partire con loro all'avventura. Nulla di illegale. E anche fosse stato, diceva sempre Scar, con il nostro sistema giudiziario avremmo fatto in tempo a diventare parlamentari e cambiare le leggi. Andavamo in bici a Vicenza passando per strade sterrate. Andavamo a rubare le pannocchie. Andavamo a suonare i campanelli e a lanciare gavettoni. Andavamo a fumare sigarette nel giardino di una villa abbandonata che raggiungevamo scavalcando un muretto.

Poi un giorno, verso la fine dell'estate, invitai di nuovo Brune e Scar a casa mia, a suonare. Era il periodo in cui avevamo cominciato a scrivere dei pezzi nostri, e prima di rendermi conto di ciò che stavo facendo eravamo già in bici diretti verso viale dei Castagni. Non sapevo chi ci fosse in casa. Non ci avevo neppure pensato.

Entrammo urlando *ciao, casa, sotto, suonare, non disturbate*, e scendemmo in taverna. Brune imbracciò la chitarra, Scar si sistemò alla batteria, io alla tastiera. In quel periodo, ricordo, stavamo anche discutendo sul nome del gruppo. Eravamo indecisi tra Le pietre rotolanti, i Trentatre terzini in treno e Gabibbo Killer, ma nessuno di questi ci convinceva. Dopo esserci riscaldati con una cover dei Biffy Clyro cominciammo a suonare, a casaccio, con la speranza di incappare in qualche motivetto interessante, ed eravamo lí, chini sugli strumenti, rapiti dall'estasi della creazione, quando dalle scale che salivano in cucina apparve Giovanni.

Io mi congelai.

Trattenni il fiato.

Smisi di suonare.

Senza muovere né la testa né il collo feci scorrere lo sguardo da Giovanni a Brune a Scar, poi da Scar a Brune a Giovanni. Gio era in tuta da ginnastica. Ci guardava in silenzio. Lui. I suoi occhi. La sua faccia. La sua posizione sghemba. Cominciò a dimenarsi al ritmo della batteria di Scar e finse di suonare la chitarra per imitare Brune. Rideva. E rideva. E rideva. E allo stesso modo, con una naturalezza che mai mi sarei aspettato – e mi domando ancora per quale motivo non me la aspettassi – ridevano i miei due amici, ridevano e suonavano. Come se trovarsi improvvisamente davanti un bambino Down fosse la cosa piú ovvia del mondo.

Pensavo (giuro che lo pensai davvero): Ma non vedete chi è? È mio fratello. Ed è Down. Non vi stupisce? Non vi sembra strano? Non mi chiedete nulla? Non fate qualche battuta stupida per soffocare il disagio? Com'è tutta 'sta tranquillità, 'sta noncuranza? Com'è che non vi meraviglia che io non ve ne abbia mai parlato? Perché se non vi stupite di lui, allora, be', almeno il fatto che io ve l'abbia tenuto nascosto dovrebbe sorprendevi, o no?

No.

Non erano sorpresi.

Lo guardavano divertiti, continuando a suonare.

Sentii salire in gola il solito sapore acido dell'imbarazzo. Ma di nuovo mi risuonò nelle orecchie la voce di Chiara la sera dello spettacolo sul *Re leone*: Lascialo, lascialo fare.

A Gio piaceva la musica perché la musica è movimento: gli andava bene tutto, anche la nostra scadente improvvisazione. Si avvicinò alla chitarra di Brune e ballò un po', mentre il mio amico si inginocchiava per tentare una scivolata di potenza vista in *School of Rock*. Poi andò da Scar, si arrampicò sulle sue ginocchia e lui lo lasciò fare; batté i piatti al posto suo, ovviamente fuori ritmo, ma visto che non eravamo esattamente la migliore rock band del mondo, la cosa passò quasi inosservata. Brune e Scar continuavano a suonare. Gio non li disturbava. Ero io l'unico a essersi fermato.

Quando Gio se ne accorse, decise che era ora di venire a sostituirmi alle tastiere.

Prese a battere sui tasti e ne venne fuori a caso una roba tipo do mi fa do con un ritmo in sette ottavi. Brune ci si attaccò con la chitarra. Scar tenne dietro con cassa, tom e rullante. Non capivo. Stavano suonando con mio fratello? Fu a quel punto che cominciai davvero a sentirmi un idiota.

E ripresi a suonare.

Gio scappò via.

Tornò un minuto dopo con in testa uno strano cappello e tra le mani un bel po' di pupazzi. Riprese a ballare. Brune e Scar non sorridevano piú, ridevano proprio, ma in un modo bello, pieno, di pancia e di cuore. Gio fece ballare i pupazzi sulle note della nostra canzone, quindi li lanciò addosso a Scar che li respingeva usando le bacchette della batteria come mazze da baseball. Poi toccò a Brune essere bersagliato, e lui cominciò a correre per la taverna senza smettere di suonare, inseguito da Gio che cercava di colpirlo con un T-Rex.

La musica stava facendo quello che sa fare meglio: eliminare le differenze. Pensai che davanti a due amplificatori siamo tutti uguali. La musica entra nei corpi e i corpi reagiscono. C'era Brune con la lingua di fuori, Scar che faceva ciondolare la testa, io che tenevo gli occhi chiusi e muovevo le spalle, Gio che lanciava pupazzi e ballava.

Fu solo dopo, quando stavamo per salutarci, che parlai a Scar e a Brune. Raccontai tutto. Di Gio e della volta del tubo. Di come avevo avuto paura a parlargliene, paura del loro giudizio. E com'era giusto che fosse, loro mi dissero che ero stato un idiota.

La nostra prima canzone la chiamammo *Little John*.

Un pomeriggio, a inizio settembre, i Mazzariol al completo andarono ad assistere a uno spettacolo cui Giovanni doveva prendere parte. Gio non aveva piú paura del pubblico e del palco come ai tempi della materna, e si era lasciato convincere a fare teatro con una compagnia di disabili. Quell'anno mettevano in scena *Teseo e il Minotauro*: un modo per riflettere sui labirinti della società, soprattutto quelli in cui vengono rinchiuse le persone etichettate come diverse. Gio aveva alcune battute. Ne ricordo una in particolare. A un certo punto un tizio con la barba bianca gli chiese che cosa avrebbe portato con sé nel suo viaggio verso Creta. La sua risposta fu: – Patatine e Coca-Cola. Non esattamente il testo originale.

Al rinfresco organizzato dopo la rappresentazione, tra un bicchiere di aranciata e un salatino era tutto un parlare di abilità e disabilità, di cose che si sapevano fare e di cose che invece no: sembrava di essere finiti in un Centro Pokémon.

– Il tuo cos'ha?

– Il mio rotola. E il tuo?

– Il mio muove il braccio destro come un martello.

– Oh! Sapeste cosa fa il mio quando si arrabbia...

A un certo punto, mentre mi stavo riempiendo il piatto di minuscoli würstel ricoperti di pasta sfoglia, venni affiancato da un ragazzo Down sulla ventina; anche se è sempre difficile indovinare l'età dei Down: sembrano bambini invecchiati precocemente.

– Ciao, io sono Davide, – disse con la bocca piena di patatine.

– Ciao, io sono Giacomo, – e gli strinsi la mano.

– Io sono Down. Tu?

– Io... be', no, niente, io... sono qui per... – e stavo per indicare mio fratello, ma lui mi interruppe.

– Niente? Maddài. Impossibile. Tutti sono disabili. Pure Tommy, anche lui lo era. Lo vedi quello nel giardino? – e indicò un altro ragazzo Down che stava parlando ai fili d'erba.

– Sí, lo vedo.

– Tommy era Down. Ora è guarito.

– Ma come è guarito?

– Dice che grazie alle carote che ha mangiato l'altro giorno non è piú Down. Io ci credo.

– ...

– Ma parliamo di te. Ci sarà qualcosa che non sai fare. Ci pensai un attimo poi dissi: – Non so stirare.

– Ah, sí! – fece lui sorridendo. – La stirosindrome. Guarda, – disse abbassando il tono della voce, – meglio essere Down che avere la stirosindrome.

– Perché?

– Come perché? Tu ce l'hai il sussidio?

– No.

– Io sí. Lo Stato mi paga per essere Down e io non devo far nulla. Capito? Mi dànno soldi per esistere. I Down sono il futuro.

– Be', non credo che...

– Non devo lavorare. Mamma mi fa ancora la lavatrice pensando che io non sia in grado di farmela. Mi portano di qua e di là, non serve che mi faccio la patente. Non devo trovarmi una casa perché i miei genitori mi vogliono per sempre, almeno per ora. Ti piacerebbe eh?

– In effetti non sembra male, – sorrisi.

– Però...

– Però cosa?

– Però, Matteo, ho avuto un periodo difficile.

– Mi chiamo Giacomo.

– Sí, Giacomo. Ho avuto un periodo, Giacomo, che mi tiravano addosso i banchi e le sedie e i libri. Alle superiori. Dicevano mostro, idiota, handicappato, scimmia. Mi volevano male. Se solo avessero saputo...

– Cosa?

– Che grazie a loro cominciai a piacermi. Cominciai a ringraziare Dio di non avermi fatto cosí, come quelli che mi offendevano. A loro è andata peggio: sono nati senza cuore. Arrivai persino a ringraziarlo per quel cromosoma in piú. Aspetta, dove sarebbe il cromosoma in piú? – Si stava guardando il corpo.

– Sarebbero all'interno del nucleo delle...

– Ah, eccolo, trovato, – e si indicò un posto tra il cuore e il fegato. – Sono contento di quello che sono, – disse tenendo il dito premuto sul maglioncino. – Sono contento del mio carattere, dei miei amici, della mia famiglia, della vita. Siamo parte della vita, – e fece un gesto ampio con le mani. – La vita è l'unica cosa che si crea dal nulla. Prende forme diverse: un fiore, un cerbiatto, un sasso... no, i sassi no, anche se quando li lanci, i sassi, si muovono e allora... comunque, un cerbiatto, Davide, Giacomo, Filippo, Laura, una canzone di Battisti...

Gli sorrisi.

– Certo, non diventerò uno scienziato, – disse, – ma nessuno fa delle frittelle come le mie.

– Sai fare le frittelle?

– Sí.

– Di mele?

– Sí.

– Le hai portate?

– Sono quelle, – disse indicando il tavolo alla mia sinistra.

Ci avvicinammo. Le provai. Erano le migliori frittelle che avessi mai mangiato. Io adoro le frittelle di mele.

Squillò il cellulare. Era Arianna. Pensai che doveva essere tornata dalla Puglia e che forse voleva vedermi prima del nostro primo giorno di liceo. Andai in un angolo del Centro Pokémon, lontano dalla confusione, per sentire bene la sua voce. Da lí vedevo mio fratello giocare con i suoi amici. Sí, glielo volevo dire. Con lui davanti ai miei occhi, glielo volevo dire, ad Arianna, di mio fratello.

– Arianna.

– Jack, devo dirti una cosa...

– Anche io.

Gio stava giocando a mosca cieca. Era il momento. Il suo sorriso mi stava dando la forza.

– Occhei, – disse Arianna. – Prima tu.

Ma nella sua voce sentii una vibrazione strana, quindi risposi che no, era lei che aveva chiamato, quindi toccava a lei.

– Cambio città, Jack, – disse. – Vado via.

Spack Frush Snap

Arianna si trasferí a Milano. Era stata una decisione improvvisa, questioni di lavoro del padre. Fatto sta che tra
una cosa e l'altra, nonostante una merenda in un bar del
centro che ricordo come uno dei momenti piú tristi della
mia vita, nonostante le telefonate con quei silenzi carichi
di sentimenti inespressi, di frasi smozzicate, nonostante le
continue promesse di vederci – io di andarla a trovare a Milano, lei di tornare a Castelfranco – passarono mesi prima
che riuscissimo a incontrarci. E di Gio, ancora una volta,
non riuscii a parlarle. Non erano argomenti che si potevano
affrontare per telefono, o tra gli scatoloni di un trasloco.

Poi accadde tutto lo stesso giorno: il giorno di carnevale.

Domenica diciannove febbraio mi svegliai piú tardi
del solito, ma con in mente, limpida, la promessa fatta a
Giovanni qualche giorno prima: che lo avrei portato alla
sfilata dei carri. Lui era talmente eccitato che non mi era
saltato addosso all'alba per svegliarmi solo perché i miei
lo avevano convinto che avrei mantenuto la promessa se
mi avesse lasciato dormire abbastanza a lungo?
Cosí, dopo colazione, scendemmo insieme in taverna a
rovistare in quello che in famiglia chiamiamo *lo scatolone
delle pazzie*, un enorme baule dove gettiamo tutto quello che prima o poi potrebbe servire per travestirci, fare

scherzi o cose del genere. Io presi una parrucca bionda, un cappello da strega, dei pantaloni rosa attillati e un naso da pagliaccio; lui una parrucca blu, dei pantaloni verdi con la coda da drago, una giacca rossa da torero e delle orecchie da elfo; inoltre indossò il suo giubbotto arancione, che già di per sé sembrava un travestimento, anche se non lo era.

Uscimmo di casa intorno alle dieci e raggiungemmo la piazza centrale di Castelfranco, raccogliendo da terra tutti i coriandoli usati in buono stato in cui incappavamo. Non c'è niente di piú triste dei coriandoli usati lasciati a marcire lungo i bordi dei marciapiedi in attesa che la pioggia li trascini nei tombini. Pensateci: vengono creati, tagliati, aspettano per mesi, per anni, chiusi nei pacchetti, tutto per rimanere in aria tre secondi ed essere calpestati in attesa degli spazzini. Io e Giovanni eravamo contrari a tutto questo. Ne raccogliemmo tre sacchetti. O per lo meno io ne raccolsi tre sacchetti. Gio preferiva infilarli nelle tasche, nelle orecchie, nel naso e in qualunque altro posto potesse contenerne anche solo uno.

Insomma, un quarto d'ora di passeggiata, ed eccoci in piazza.

Un sacco di gente, praticamente tutta Castelfranco. Ogni dieci secondi incontravamo un amico, un compagno, un genitore cui dire ciao. E a dire ciao c'eravamo io, la mia parrucca bionda, i miei pantaloni rosa e Giovanni.

Tutto insieme.

Senza vergogna.

Fu una di quelle cose che non hanno spiegazione, una di quelle cose che accadono e basta.

Le cose, con Giovanni, dal ritorno dal campeggio in poi, da quando era sceso in taverna a suonare con me, Brune e Scar, da quando ero quasi riuscito a parlarne con Arianna, da quando avevo iniziato a staccargli di dosso il codice a

barre con scritto Down e avevo iniziato a vederlo per quello
che era, come aveva cercato di insegnarmi mio padre molti anni prima, il giorno in cui avevo trovato il libro con la
copertina blu, le cose, dicevo, erano migliorate parecchio.
E quando era capitombolato in camera, un pomeriggio, e
mi aveva chiesto di accompagnarlo alla festa di carnevale
– io e lui insieme, travestiti insieme, in mezzo alla gente
insieme – rispondere: «Sí, certo» mi era sembrato ovvio.

– Guarda, – disse Gio per strada, estraendo qualcosa
dalla tasca del giubbotto.

– Che è?

– Biglietti.

– Per cosa?

Me li passò perché leggessi da me: erano biglietti per le
giostre. – Ehi! È fantastico. Dove li hai presi?

– Segreto, – disse lui.

Segreto, certo. Si sa che i biglietti delle giostre proven-
gono da giri loschi o da scambi di favori durante le ricreazioni. Tra l'altro erano del tagadà e degli autoscontri, i piú
difficili da trovare al mercato nero. Non che questo, per
Gio, fosse fondamentale. Intendo dire: per lui la giostrina
con i cavalli o uno shuttle che sprintava e roteava vortico-
samente erano divertenti allo stesso modo.

Carnevale in piazza vuol dire, anzitutto: suono. Una
canzone dei Prodigy sparata ad altissimo volume mixata
al rumore della macchina dello zucchero filato mixata ai
cori in dialetto mixata alle percussioni dei carri maschera-
ti mixata alle risate dei bambini che si lanciano addosso
i coriandoli come palle di neve. Prima di entrare in piazza
passammo dalla gelateria. La gelateria, per Gio, era una
specie di casello autostradale: se non prendevi il gelato,
l'ingresso alla piazza era negato.

E quando finalmente ci entrammo, tra goblin, fate, su-

pereroi, femmine che erano maschi e maschi che erano
femmine, Transformers venuti male, Pokémon e Winx,
mi sentii davvero libero: come in campeggio, circondato
dai tedeschi, ma questa volta stavo calpestando le stesse
mattonelle che calpestavo ogni giorno per andare a scuola.
Ero a casa. Azioni e intenzioni per la prima volta coinci-
devano. Ero me stesso.

Tornai, dopo anni, a divertirmi con Gio.
Prima lo persi nel labirinto degli specchi, e quando finalmente riuscii a uscirne, seguendo sugli specchi le sue dita-
te di gelato, lui era già stato inghiottito dalla folla. Mi feci
largo a gomitate tra zombie, cowboy e ballerine pensando
a dove potesse essere finito, da cosa potesse essere stato
attirato. Ero nel panico. Era la prima volta che usciva con
Gio in una situazione simile e mamma e papà mi avevano
raccomandato di non lasciargli mai la mano e via dicendo. Alzai gli occhi verso le insegne che luccicavano sopra
le teste delle persone. Star Wars? No, troppo complesso.
Enorme donna nuda che spruzza schiuma dalle tette? No,
troppo presto. Giostra di Shrek? Ecco, quella poteva andare. La raggiunsi con il fiatone, scansionai facce giubbot-
ti cappelli che nemmeno un satellite spia americano, e con
mio grande sollievo lo vidi, a cavallo di Ciuchino, con un
ragazzo gentile che lo reggeva da dietro perché non cadesse. Gli urlai, mi vide, si esaltò, e per la felicità abbracciò il
ragazzo che lo stava tenendo, che ricambiò.
Al gioco della pesca, invece di pescare i cigni di plastica per ottenere punti e vincere un premio, Gio pescò
direttamente il premio che avrebbe voluto: una zebra
pupazzo. Il proprietario prima lo sgridò, ma poi, ripen-
sandoci, gli lasciò la zebra, dichiarando che era la prima
volta che gli succedeva una cosa del genere.

Poi staccò di nascosto la corrente al pungiball, non so
se in nome del vandalismo o della pace del mondo. Poi vide un bambino vestito da dinosauro e gli fece un agguato
facendolo ruzzolare. Poi pensammo bene di prendere un
bicchierone di pop corn prima di salire sulla ruota pano-
ramica e lui se lo fece scappare di mano proprio mentre
eravamo in cima: i passanti non furono felici. Poi, grazie
ai biglietti che aveva ricevuto in omaggio, c'imbarcammo
in una serie infinita di corse sugli autoscontri, al termine
delle quali si precipitò furibondo dal bigliettaio lamentan-
dosi perché gli erano andati contro troppe volte: – Non si
fa, – disse agitando il dito. Poi vide una bambina vestita
da fata e non sapendo come attaccare bottone pensò di
farle lo sgambetto in modo da poterla aiutare a rialzarsi.

E in questo tripudio di libertà, di ritorno all'essenza,
a un certo punto ci gettammo in un ballo scatenato sulle
notte di un pezzo degli U2. Ci prendevano in giro? Oh be',
come aveva detto Davide, il Down ventenne che sapeva
fare le migliori frittelle del mondo, chi non ci apprezza-
va non faceva altro che aumentare la nostra stima in noi
stessi. La gente prende in giro ciò che non capisce, ciò di
cui ha paura. E poi, pensavo, guarda Bono dove è arrivato.

Gio non ci badava. Per lui le persone che stavano ridendo di lui stavano semplicemente ridendo *accanto* a lui e lui
le lasciava fare. Tanto lui rideva anche di piú.

Fu quel giorno che inventammo il nostro saluto privato.
In pratica un cinque – *spack* – seguito dallo scivolamento
delle mani – *frush* – fino a prenderci pollice e medio per
farli schioccare – *snap*.

E fu quel giorno che, tornando a casa, al tramonto, mi
sentii chiamare da dietro.

Ed era Arianna.

In carne, giubbotto e profumo.

Non potevo credere ai miei occhi. Aveva le cuffiette nelle orecchie, se le tolse. Io mi tolsi il cappello da strega e la parrucca bionda riccia; i pantaloni rosa attillati, quelli no, li tenni.

– Ciao, – dissi, paralizzato dall'emozione.

– Ciao.

– Sei qui…

– Già.

– Accidenti… Potevi avvisarmi…

– Ti ho mandato un messaggio.

– Quando?

– Stamattina.

Cercai il cellulare nella tasca della giacca. Era vero. Mi aveva mandato un messaggio. Ma io tra il casino e Giovanni e tutto mi ero persino scordato di averlo, il cellulare. – Hai ragione. Scusa. È che… come stai?

– Bene. Tu?

– Bene.

Arianna era lei. Sempre lei. Aveva un nuovo piercing a lato del sopracciglio, sí. Magari aveva anche dei tatuaggi, ma non potevo vederli perché indossava il giubbotto. Però era lei. A un certo punto riuscii a scuotermi, tornai in possesso dei piedi, delle braccia, il sangue riprese a scorrere, cosí scattai in avanti come se fino a quel momento qualcuno mi avesse tenuto fermo per la giacca, e andai ad abbracciarla. Chiusi gli occhi e intrecciai le mie braccia con le sue. Mentre la stringevo mi arrivò il suo profumo. Lo aspettavo da tanto tempo. Era ciò che mi mancava di piú, di lei. Piú di qualunque altra cosa. Il suo profumo generò in me una sinestesia – l'avevo studiata da poco, perciò sapevo cos'era e per questo la riconobbi – la percezione olfattiva mi provocò la reazione di un altro senso: in questo caso del tatto. Sentii una sensazione fisica che partiva dai piedi, come se me li stessero schiacciando, e si propagava alla pancia, come se me la stessero comprimendo. Era pesante, quella sensazione, e materica, e sapeva di pop corn. Che strano effetto mi faceva Arianna. Finché si fece ancora piú ingombrante e...

Ci slacciammo.

Tra di noi apparve Gio. Che aveva provato a inserirsi.

– Oh! E tu chi saresti? – disse Arianna.

Sospirai. – Lui è... mio fratello...

Arianna mi guardò allegra, pensando che scherzassi.

– Dico sul serio.

– Ma smettila... tu non hai un fratellino.

– E invece...

– ...

– ...

– Ma da quando?

– Da sempre.

– No, dài, mi prendi in giro.

– No. Non ti sto prendendo in giro.

Arianna guardò Gio. Poi me. Poi Gio. Poi me. Teneva le labbra schiuse, giusto un soffio.

– È un discorso lungo, – dissi.

– Come ti chiami? – chiese Arianna a Gio.

Lui rispose. Lei non capí.

– Giovanni, – dissi io.

– Ciao Giovanni, – disse Arianna.

– Tu come ti chiami? – chiese lui.

– Arianna.

– Io sono Giacomo... – disse Gio. E rise, stringendole la mano, e dopo un secondo correva già dietro a un gatto che aveva visto affacciarsi da un albero.

Io e Arianna ci sedemmo su una panchina a raccontarci cose, ne avevamo parecchie.

Parlammo a lungo di Gio, ovviamente, del perché nel corso delle medie non ero riuscito a dirglielo. E quando mi sembrava di non avere piú parole, passammo a parlare di Milano, di quanto fosse diversa da Castelfranco, della nuova scuola, dei nuovi compagni. Sentivo fluire tra noi lo stesso fiume luminoso di coriandoli che cosí spesso vedevo negli occhi dei miei genitori. Poi Giovanni venne a recuperarci con la voglia di giocare a qualcosa e iniziammo una sfida lunghissima a prendi-prendi che dopo un po' sia io sia lei eravamo senza fiato. Anzi, a dirla tutta, fui io il primo a dichiararmi sconfitto, e Gio, a quel punto interessato a non so cosa dall'altra parte del giardino, prese Arianna per mano e la condusse con sé. Arianna lo seguí. Vederli camminare insieme, mano nella mano, fu il sigillo sulla mia lotta interiore. Non era stata una lotta con occhi neri, macchine rubate, bombe a mano, rapine in banca, coltelli. Nessun colpo di scena. Era avvenuto tutto nei tredici centimetri del mio cuore, nello spazio delle sue dimensioni fisiche; i pugni erano solo quelli tirati alla porta di casa mia perché mi sentivo una merda di fratello, le bombe erano quelle che sentivo in pancia quando si abusava della parola Down e io non facevo niente; ma davanti a loro due, quel diciannove febbraio, capii che era tutto finito. Che in un modo o nell'altro ce l'avevo fatta.

Detto questo, telefonai a mamma che venisse, per favore, a riprendersi, Giovanni, cosí da poter stare ancora un po' da solo con Arianna a vedere il sole scendere sulle giostre.

Restammo lí finché fece buio.

Di tutte le parole dette, mi ricordo questa frase: «Non importa piú quello che hai fatto, ma quello che farai, quello che stai facendo adesso». Che sembra la frase piú scontata del mondo, ma, ve lo giuro, in quel preciso momento era perfetta, era la frase che doveva essere detta.

Mentre guardavo le sue labbra muoversi pensai a quanto tempo avrei dovuto aspettare per rivederle dal vivo. Mi venne da stringerla, baciarla, in modo da avere le sue labbra impresse per sempre sulle mie.

Non lo feci. E cosí, quel giorno, ci salutammo sotto l'ombra di un pino, persino un po' secco, con un abbraccio; io con addosso un paio di pantaloni rosa attillati e tra le mani una parrucca bionda, lei con il suo nuovo piercing. Entrambi con la vita davanti.

Di quell'abbraccio, se chiudo gli occhi e ci penso, sento ancora oggi il calore.

Fu cosí che mi avviai alla fine del mio primo anno di liceo, tra la riscoperta di mio fratello e un sacco di novità, un'euforia sottile che mi faceva alzare ogni giorno dal letto come se la vita fosse tornata a essere, chessò, una roba simile al nostro scatolone delle pazzie.

Vitto si era iscritto al Classico, io allo Scientifico, ma le nostre classi erano vicine, perché i due licei si spartivano lo stesso edificio, cosí continuavo frequentarlo. E mi ero pure fatto dei nuovi amici, due compagni di classe, Pippo e Poggi, con i quali condividevo la stessa visione della vita, che a volerla riassumere suonava piú o meno cosí:

a) andare sempre a scuola in tuta;

b) rifiutare il denaro e vivere di baratto;

c) puzzare allegramente;

d) un giorno senza il rischio di una nota è un giorno non vissuto;

e) non fare *mai* oggi quello che puoi fare domani;

f) cicca tranquilla finita scuola;

g) frase piú usata: mi presti una penna?

Le ore che rimanevano dopo il vagabondaggio pomeridiano con Pippo e Poggi, il basket, Vitto, le suonate con Brune e Scar, le mezz'ore spese a pensare che avrei dovuto cominciare a studiare, le dormite millenarie le impiegavo nel peggiore dei modi: mi ero iscritto a tutti i corsi offerti dalla scuola. Non so perché. Non me ne piaceva neanche uno, ma era diventata una moda, una mania: arrivava un corso e ci si iscriveva. Corso di ballo popolare. Corso di Excel. Corso di tedesco. Corso di inglese. Corso di training autogeno. Corso di *speak in public*. Corso di primo soccorso. Corso di sicurezza stradale. Corso sull'ambiente. La frase piú in voga era: «Scusa devo andare a un corso». La mania, per fortuna, durò solo il primo anno, dopodiché cominciai a stare in istituto il meno possibile, neanche scottasse.

Al liceo scoprii un sacco di cose pazzesche: che se passavi il pomeriggio a suonare e il giorno dopo c'era la verifica potevi prendere due; che se copiavi la versione di latino da internet senza controllare che la professoressa non avesse tolto qualche frase, lei ti sgamava; che se non ti eri preparato sull'evoluzione della specie e dicevi di non volerne parlare perché eri creazionista, prendevi due anche se avevi dimostrato di sapere cos'era il creazionismo. Scoprii, grazie a Pippo e Poggi, che si poteva andare a una festa senza mettere una foto su Facebook e valeva lo stesso. Scoprii il caffè. Scoprii, sulle cartelle e sui diari dei miei compagni, frasi che mi modificarono nel profondo, tipo: «Non conta essere alti, conta essere all'altezza» e «Anche un orologio rotto segna l'ora giusta due volte al giorno».

Andai a vedere i Red Hot Chili Peppers a Milano.

Imparai un'intera filosofia di vita vedendo un'intervista a Tom Waits in cui diceva: «I'd rather have a bottle in front of me than a frontal lobotomy», ossia: preferisco avere una bottiglia davanti a me che una lobotomia frontale. Io, Vitto, Hacker e Sapu, degli amici nostri, estasiati, parlammo per mesi di quello che avevamo battezzato ottimismo estremo, una disciplina che mi rese impossibile passare una giornata senza sorridere. Sbagliavo un canestro in sospensione ed ero felice perché pensavo che sarei anche potuto ricadere poggiando male il piede e rompendomi una caviglia. Prendevo quattro in matematica ed ero felice perché pensavo che avrei potuto prendere tre.

Ecco, cose cosí.

Il mondo parlava sempre e solo di me. E a me.

E forse è normale che a quattordici, quindici, sedici anni sia cosí.

Libri e film, ad esempio. Mi aiutarono a vedere me stesso, Gio, la vita in mondo diverso.

Capitava per caso, quando meno me l'aspettavo, ad esempio durante la terza stagione di *Breaking Bad*, quando Jesse Pinkman e Jane mi fecero capire come certe manie di Giovanni, tipo ripetere ossessivamente le stesse azioni, lanciare i pupazzi o leggere lo stesso libro per giorni, dalla prima pagina all'ultima e poi di nuovo, le cose per cui lo si considerava malato, disfunzionale, contenevano invece tracce di grande saggezza. In quella puntata Jesse e Jane discutono di Georgia O'Keeffe, un'artista contemporanea che ha dipinto tantissime volte la stessa identica porta. Jesse si chiede che senso abbia fare una cosa del genere e Jane, la sua ragazza, risponde: «Quindi non dovremmo fare niente per piú di una volta? Dovrei fumare solo questa sigaretta? Magari dovremmo fare sesso una volta sola, secondo la tua teoria. Dovremmo ammirare solo un tramonto? O vivere solo un giorno? Visto che ogni giorno è differente, ogni giorno è una nuova esperienza».

«Ma... una porta? – dice Jesse. – Si è sentita talmente

ossessionata da una cosa che l'ha dovuta dipingere venti volte, finché non è stata perfetta».

«No, non la metterei cosí. Nulla è perfetto, – risponde Jean. – Era la porta di casa sua e lei l'amava. Per me è questo il motivo per cui l'ha dipinta».

Ecco.

Come la O'Keeffe amava quella porta Gio amava lanciare pupazzi e guardare ogni giorno gli stessi libri sugli stessi dinosauri. E lo faceva di continuo, perché quel sentimento durasse piú a lungo. Proprio come mia mamma con il video di me che imparavo ad andare in bici. Punto.

La vita con Gio era un continuo viaggio tra gli opposti, tra divertimento e logoramento, azione e riflessione, imprevedibilità e prevedibilità, ingenuità e genialità, ordine e disordine. Gio che si butta a terra fingendo di cadere per sbaglio. Gio che scrive ogni azione prima di farla. Gio che salva una lumaca dalla nonna che la vuole cucinare. Gio che, se gli chiedi se quello che ha in mano è un pupazzo o un lupo vero, risponde: «Pupazzo vero». Gio che fa lo sgambetto alle bambine solo per aiutarle a rialzarsi, far loro una carezza e chiedere: «Come stai?» Gio che: in Africa ci sono le zebre, in America i bufali, in India gli elefanti, in Europa le volpi, in Asia i panda, in Cina i cinesi. Che se passano dei cinesi ride e si tira gli occhi, anche se li ha già come loro. Che la piú grande disputa è stata se il T-Rex era carnivoro o erbivoro. Che le vecchie sono molle; e glielo dice proprio, a tutte quelle che incontra. Gio che se vede un cartello con scritto «Vietato calpestare l'erba» lo gira e poi la calpesta. Che se lo mandi di sopra a prenderti il telefono e a chiedere a papà se vuole la minestra lui va da papà a chiedergli se vuole il telefono. Che dice faccio da solo e ti manda via, con nella voce un'incertezza che capisci che lo sta dicendo a sé stesso, per farsi forza. Gio che non capisce perché la sua ombra lo segue, e di tanto in tanto si volta di scatto a vedere se è ancora lí.

Gio era tutto, ma piú di ogni altra cosa era libertà. Lui era libero in tutti i modi in cui avrei voluto essere libero io.

Gio era tornato a essere il mio supereroe. E non avrebbe piú smesso di stupirmi.

Un paio di anni dopo, un pomeriggio Gio entrò in cucina e mi portò un disegno che aveva fatto durante l'ora di Arte. Non vidi subito l'immagine, perché me lo consegnò girato per farmi prima vedere la consegna e il voto: «Illustra la guerra, voto: dieci». Festeggiammo con un cinque dei nostri – *spack frush snap*. Poi girai il foglio: *Giovanni Mazzariol, Ragazza seduta su panchina che mangia un gelato da sola, 210×297 mm, pastelli su foglio sicuramente rubato a un amico, conservato alla scuola media Giorgione, temporaneamente concesso alla fondazione casa Mazzariol.*

Lo studiai senza capire: gli era stato chiesto di fare un disegno sulla guerra e lui aveva scarabocchiato una ragazza con un gelato in mano. Sul momento non commentai, ma dopo che Gio fu uscito dalla stanza dissi a mamma: – Be', certo che glieli regalano proprio i voti.

– A quanto pare, – fece Alice, mostrandosi d'accordo con me.

Mamma chiese perché.

– Perché? Perché quel disegno non ha senso. Non c'entra niente con la guerra, eppure gli hanno dato dieci.

La cosa finí lí.

La sera, non so come mai, mi venne un'improvvisa voglia di pensare e scrivere. Presi il mio diario. Sulla copertina campeggiava una mia frase: «La cosa che mi fa piú paura:

una pagina bianca. La cosa che mi piace di piú: una pagina bianca». In giro per quel diario c'era un po' tutta la mia vita. Era il mio Vitto tascabile. Quando stavo per cominciare, vidi sul comodino accanto al letto il disegno di Gio, quello che mi aveva fatto vedere dopo pranzo. Mi domandai di nuovo come fosse possibile che avesse preso dieci per quel disegno stilizzato e fuori tema. Provai ad analizzarlo in base ai colori e alle forme, ma nulla. Sentivo che c'era altro, qualcosa che non riuscivo a comprendere. Perché la donna? Perché il gelato? Perché da sola? Perché triste su un lato della panchina? Cosa voleva comunicare?

Sarebbe stato facile archiviare la cosa come una delle sue stramberie.

Sarebbe stato facile pensare che non avesse capito la consegna.

Sarebbe stato facile, sí. Ma mi ricordai che aveva la mia stessa vecchia professoressa. Lei scriveva sempre i giudizi descrittivi sul quaderno di ogni alunno, disegno per disegno. Scesi a prendere la cartella di Gio e trovai il quaderno di Arte. Ultima pagina. Eccolo, il giudizio. Lessi:

> Alla richiesta di illustrare la guerra, tutti gli studenti della classe hanno disegnato fucili, cannoni, bombe, morti. Tutti tranne uno. Mazzariol ha scelto di rappresentare la guerra a modo suo: la ragazza è la fidanzata di un soldato che è partito per la guerra. Ora deve andare a prendere il gelato, che per Mazzariol è la cosa piú bella del mondo, da sola.
>
> La guerra è anche questo: andare a prendere il gelato da soli.
>
> (La spiegazione mi è stata fornita da lui stesso e l'abbiamo ricostruita insieme).
>
> Complimenti, Mazzariol!

Mio papà fa il segretario

Il karma esiste. Ne ebbi la prova nel parcheggio di un cinema, un'estate; e sí, accadono sempre cose interessanti nei parcheggi.

Quando sei studente, l'estate non inizia il 21 giugno, ma un secondo dopo l'ultima campanella dell'ultimo giorno di scuola, e la sera di quel primo giorno ufficiale di vacanza, il primo giorno d'estate, mamma, papà, Chiara, Alice, Gio e io, decidemmo di andare al cinema per festeggiare il nostro personale solstizio. Non ricordo quale fosse il film, ma non era quella la cosa importante: la cosa importante era stare insieme, ridere e strafogarci di pop corn.

Parcheggiammo in uno dei parcheggi Vip – come li chiamiamo noi – ossia quelli con il contorno giallo per le persone speciali. Io li adoro, i parcheggi Vip. Sono un segno di rispetto della società per la gente come Gio; sono una cornice dorata attorno ai loro spostamenti o, per essere precisi, alle loro soste. Per usufruire di un parcheggio Vip devi trasportare un vero Vip certificato. Sí, perché un sacco di gente vorrebbe il permesso Vip – l'autorizzazione che metti sul cruscotto e che trasforma l'auto in un'auto Vip – solo per non impazzire a cercare un posto dove lasciare la macchina. E invece no. Non è una cosa per tutti.

Comunque.

Arrivammo, parcheggiammo ed entrammo al cinema. Ora, dovete sapere che noi Mazzariol non siamo spetta-

tori comuni: siamo la famiglia con la risata piú scoordina-
ta al mondo. Durante un film comico – e andiamo spesso
a vedere film comici perché sono gli unici che ci mettono tutti d'accordo – non ridiamo mai per le stesse cose e
mai con la stessa intensità. Papà ride per tutto, mamma
soprattutto per gli incidenti domestici, Chiara solo per le
battute sottili, Alice, chessò, perché magari ha visto una
ragazza vestita di fucsia che le ha ricordato una sua amica idiota, io ai non-sense e Gio... be', chi l'ha mai capito
cosa fa ridere Gio? In ogni caso, qualunque cosa lo faccia
ridere, ride il triplo di tutti noi messi insieme.

Aggiungete che siamo soliti scordare almeno un telefono acceso, masticare come delle mietitrebbie, stappare
lattine scosse, far cadere le borse, produrre flatulenze,
urlare per pizzicotti, applaudire e capirete perché, quando
papà va al cinema di Castelfranco a chiedere sei biglietti,
la cassiera, conoscendolo, prova sempre a convincerlo a
fare altro: «C'è anche una bella fiera», «Oh, ci sono dei
giochi in piazza», «C'è la partita del Giorgione calcio»,
«Hanno aperto una gelateria, lo sapeva?»

In ogni caso, quel primo giorno d'estate, sempre in base
al calendario interiore di noi studenti, andammo al cinema
e, come ho già detto, non ricordo cosa vedemmo. Non ricordo neanche, a dire il vero, quanto successe nel buio della sala – anche se sono abbastanza sicuro che fu un casino,
come al solito – perché ogni atomo della mia memoria dedicato a quella sera è occupato da ciò che accadde all'uscita.

Ciò che ricordo è che uscendo dal cinema, mentre cam-
minavamo verso la macchina svaporando nel caldo di giugno l'umido e il fresco dell'aria condizionata, notammo in
lontananza due vigili discutere animatamente con qualcuno
che aveva parcheggiato l'auto proprio accanto alla nostra,
in un altro dei posti Vip.

– Qualcuno deve aver parcheggiato senza permesso la macchina nei posti riservati, – bofonchiò mamma.

– Già, – disse papà.

– Certa gente proprio se ne frega delle regole, – commentò Chiara.

– È che certa gente è invidiosa, – precisai io, e forse stavo per aggiungere altro, ma in quel momento un ragazzo, probabilmente il figlio dell'uomo e della donna che stavano parlando con i vigili, uscí dall'abitacolo e a me si bloccò la mascella come se si fosse disassata. Mi fermai, incapace di fare un altro passo. Non potevo crederci. Guardai meglio il ragazzo: aveva la mia età, ma indossava un golfino a rombi, un foulard inguardabile e dei pantaloni grigetti di cotone. Era uno che sembrava essere stato dimenticato lí trent'anni prima, oppure uno che aveva attraversato una qualche porta spazio-temporale. Ma soprattutto, era uno che non vedevo da parecchio tempo, e che nella mia mente (e in vari altri organi del corpo) era sempre rimasto associato al periodo piú faticoso della mia vita.

Pisone.

– Che fai? – chiese mamma voltandosi e vedendomi immobile. – Ci aspettano i nonni per cena, andiamo.

Sfilammo accanto alla Piso-famiglia in un silenzio di giusta indignazione. Il Piso-padre e la Piso-madre non ci degnarono di uno sguardo, troppo presi a discutere con i vigili, mentre lui, Pierluigi, alzò lo sguardo quel tanto che bastava per farci entrare nel campo visivo, e vedermi, e riconoscermi. Drizzò la schiena. Fissò me, poi mamma, poi papà, poi Alice, poi Chiara. E infine Gio. Guardò Gio e guardò di nuovo me. E la sua espressione era tutto quello che avevo desiderato da quel giorno lontanissimo nel cortile della scuola. La nostra serenità si abbatteva come una mareggiata contro i suoi occhiali, contro il suo naso, contro la sua convinzione di sapere cose, quando invece non sapeva niente.

Tenemmo ciascuno lo sguardo infilzato in quello dell'altro per alcuni secondi, e in quei secondi quello che pensai fu: No, in fondo non ti odio. E non desidero il tuo male. Forse ci eravamo solo incontrati nel momento sbagliato, due ragazzini impauriti per motivi diversi. Mi infilai nella nostra auto, abbassai il finestrino che si affacciava sulla Piso-macchina, presi il permesso per disabili e lo lanciai di nascosto, preciso come un ninja, nella Bmw di Pisone, attraverso lo sportello che per fortuna era stato lasciato aperto.

I vigili non mi videro. I genitori di Pierluigi neppure. Lui sí.

Impiegò qualche istante a capire; poi si chinò nell'abitacolo e: – Trovato, papà! Eccolo...

Il Piso-padre capí al volo e azzardò un plastico: – Grazie a Dio.

– E il disabile chi sarebbe? – domandò il vigile sospettoso.

Il Piso-padre farfugliò qualcosa.

Il vigile stava per controllare che l'autorizzazione appartenesse effettivamente alla famiglia Antonini quando la radio di bordo gracchiò e una voce metallica, proveniente dalla centrale, disse che dovevano raggiungere non so quale posto per fare non so cosa. Fatto sta che senza perdere altro tempo saltarono in macchina dicendo: – Mettetelo in vista, la prossima volta... – e se ne andarono. Pisone attese paziente che si allontanassero, poi mi riconsegnò il cartellino. I suoi intanto erano già scomparsi dentro la Bmw.

– Grazie, Giacomo.

– Io non c'entro. Mica è mio il cartellino. Devi dire grazie a lui –. E indicai il Vip.

– Grazie... – Pierluigi offrí la mano a Giovanni, che prima si avvicinò come per annusarla e poi gliela strinse. Si sorrisero.

Quell'estate, nella piazza principale di Castelfranco, arrivò Moreno, un rapper per cui Giovanni impazziva. Decidemmo di andarci insieme: io, lui e Rana la rana. Mi fece arrivare sei ore prima per conquistare un posto in prima fila. Non c'era ancora nessuno a parte noi, il palco e gli omoni della sicurezza. Non avendo altro da fare, Gio cominciò a giocare con loro, gli omoni: a uno tirava il cavetto dell'auricolare, a un altro slacciava le scarpe, con il terzo imitava il suono della radiolina per distrarlo e via cosí.

A un certo punto lo presi, mi inginocchiai e gli chiesi spiegazioni.

– Gio, che stai facendo?

– Voglio andare dietro.

– Nel backstage?

– Sí. Vedere Moreno.

– E perché fai 'ste cose agli uomini della sicurezza?

– Perché voglio andare dietro.

– Sarebbe questo il piano? Farsi arrestare dalla sicurezza per andare nel backstage?

– Sí, sí... – e si spolverò la spalla, soddisfatto del suo ingegno.

– Guarda che se rompi le scatole alla sicurezza, poi non è che loro ti fanno entrare a salutare Moreno, sai? Devi trovare un altro sistema.

Scosso dalle mie parole, Gio capí che doveva rivalutare la situazione. – Sbagliato, – disse, e fece la faccia di quello che pensa, grattandosi il mento e mugugnando, finché: – Idea! – e portò il dito alla tempia: quindi era piú che un'idea, era un'idea geniale.

Corse verso la transenna, si chinò e si acquattò come un agente segreto. Aveva due omoni della sicurezza proprio davanti, da quella prospettiva vedeva solo le loro scarpe. Evidentemente pensò che, essendo le scarpe ferme, i sorveglianti stessero dormendo o fossero svenuti, e a un segnale convenuto – che diede a sé stesso – strinse al petto Rana la rana e rotolò sotto le transenne. Mezzo giro e si fermò sopra i piedi di uno degli omoni, che lo raccolse benevolo e, sorridendo, me lo riconsegnò.

– Allora, com'è andata? – gli chiesi posandolo a terra. – Ha funzionato?

– Quasi. Ero quasi lí. Aiuto Jack. Dammi aiuto.

Che aiuto potevo dargli? Non avevo a disposizione granché per corrompere la sicurezza. Gio allora tirò fuori dalla tasca la sua figurina preferita e mise il dito sulla tempia, disse che forse potevamo provare con quella. Io risposi che non funzionava come con i pegni del catechismo, dove il valore degli oggetti era quello affettivo. Lui disse che non capiva: era la sua figurina migliore, quella! Il T-Rex s'illuminava al buio. Ci aveva messo un anno a trovarla. E fece una faccia triste, triste e dolce al tempo stesso, che non appena la vidi dissi: – Ma come abbiamo fatto a non pensarci prima... – e quella volta fui io a portare il dito alla tempia.

Chiesi a uno degli omoni se, per favore, poteva chiamare il capo dei capi della sicurezza. Lui chiese perché, se avevamo bisogno d'aiuto, io dissi no no, che non c'era problema, solo una questione privata di cui discutere con qualcuno di molto, molto importante. E anche se dubbioso, l'omone accettò di chiamarlo. Fu cosí che qualche minuto dopo si presentò questo tizio enorme, un Bud Spencer piú nordico e rock, che con estrema gentilezza mi chiese di cosa avevo bisogno. Io dissi che non ero io ad avere biso-

gno di qualcosa, ma lui: presi in braccio Gio e glielo mostrai. E Gio fece la sua faccia triste e dolce, ma cosí triste
e dolce che avrebbe sciolto il cuore persino della princi-
pessa dei ghiacci.

– È che lui, – dissi, – vorrebbe tanto poter salutare
Moreno. È il suo cantante preferito, è la sua gioia, la sua
allegria. Con questa vita difficile che gli è capitata, sa',
la voce di Moreno è davvero una luce nei momenti piú
bui... – ed ebbi la sensazione fisica della glicemia che impazziva, – sarebbe per noi, per lui soprattutto, una cosa
indimenticabile poterlo salutare di persona.

A quel punto il Bud Spencer piú nordico e rock stava
per mettersi a piangere.

Le porte del backstage si aprirono davanti a noi come
avessimo detto *Alohomora*.

Cinque minuti dopo eravamo con Moreno dietro al
palco e lui, be', lui fu davvero gentile. Tra autografi suoi
a Giovanni e autografi di Giovanni a Moreno – mio fratello pensava che si trattasse di una scambio reciproco –
strappammo anche qualche scatto grazie al telefono di
una ragazza che lavorava lí e che era corsa verso di noi
quando, alla proposta di Moreno di farci una foto insieme, avevo risposto che il mio telefono a manovella era
senza fotocamera.

– Se non vi fate una foto ricordo, – disse lei ansiosa,
– sarà come se l'incontro non fosse mai avvenuto.

– Davvero? – chiesi io stupito.

– Davvero, – assicurò lei.

Gio insistette per mostrare a Moreno il nostro saluto *spack frush snap*, e Moreno si dimostrò sinceramente
colpito; ridendo, disse che non aveva mai visto un saluto cosí goffo.

Io confermai.

Fu un serata straordinaria.

Durante il concerto provai un'emozione pazzesca. Sí, io. Manco fossi stato all'ultimo concerto dei Rage Against the Machine. L'emozione di Giovanni era tale da irradiare tutta la piazza: era contagiosa. Lo presi a spalle. La gente si lamentò dicendo che non riusciva a vedere, ma noi facemmo finta di nulla. A un certo punto Gio lanciò Rana la rana sul palco. Moreno la riconobbe, la prese e ringraziò Gio davanti a tutti, cercandolo tra la folla. Lo vide e lo indicò. La piazza intera esplose.

Fu come andare a un concerto con il mio migliore amico. E il mio migliore amico era lui, Giovanni, il mio fratellino con un cromosoma in piú.

Una sera, qualche giorno dopo il concerto, ero sdraiato sul letto a guardare certi tutorial idioti che mi aveva mandato Poggi, cose tipo: come accendere un accendino, come grattarsi il naso, come travestire il cane da coccodrillo. A un certo punto decisi di scrivere un tutorial anche io: come colorare un foglio bianco di bianco, *nah*; come giocare a badminton da soli, *nah*; come disfare un cubo di Rubik, *nah*. Poi lo sguardo mi cadde sul disegno di Gio, quello sulla guerra, con la ragazza che mangiava il gelato da sola. Era appeso al muro della nostra camera ed era l'ultima cosa su cui posavo gli occhi ogni sera.

Che cosa fare se offendono i Down, pensai.

Questo era un tutorial che poteva risultare utile.

Sprimacciai per bene il cuscino, mi sdraiai, incrociai le mani dietro la testa e alzai gli occhi al soffitto, verso Zack de la Rocha. Mi chiesi: come avevo affrontato il problema fino a quel momento? Be', diciamo che le mie reazioni si potevano dividere in tre categorie.

La prima era quella gentile, tipo: Senti, scusa, *toc toc*,

hai appena usato la parola Down in un modo, come dire?, poco appropriato. Non farlo piú, occhei? Grazie. Ciao.

La seconda era quella attraversata da una sottile irritazione, tipo: Senti, scusa, *toc toc*, hai appena usato la parola Down, come dire?, a cazzo. Non usare a cazzo parole che di cui non conosci il significato, va bene?

La terza reazione era quella nervosa, tipo: A chi cazzo stai dicendo Down, cretino? Vuoi che ti spacchi la faccia? Eventualmente gonfiata nella versione Super Sayan con tanto di naso contro naso e strattoni e via dicendo.

Ecco, per anni le mie reazioni erano state queste. Avevo sempre pensato che attaccare fosse la miglior difesa. Avevo sempre sguinzagliato i cani, insomma. Ma a cosa serviva? A cosa era servito? Non è certo insultando che si convincono le persone a non insultarsi. Non è cosí che si innesca il cambiamento nel cuore, nella pancia e nelle azioni della gente, cosí come Gio lo aveva innescato in me con la sua presenza affettuosa e costante, con la sua freschezza, con il suo sguardo meravigliato.

Ecco, affetto e meraviglia erano la chiave. E certo non c'era granché né dell'uno né dell'altro in: A chi cazzo stai dicendo Down, cretino?

Dovevo trovare un altro sistema. La soluzione me la suggerí mio padre.

Un giorno mi capitò di assistere a una conversazione. Eravamo io e lui, al mercato, e un tizio, uno vestito bene, con la camicia giusta, la cravatta giusta e la cintura intonata alle scarpe, ci si piazzò davanti tutt'a un tratto e si mise a fare a mio padre un sacco di feste. Era un suo vecchio compagno delle superiori. Non si vedevano da vent'anni.

– Davide, come va?

– Bene, te?

– Bene, ma che lavoro sei finito a fare?

Ma come, pensai, non lo vedi da vent'anni e la prima cosa che gli chiedi è che lavoro fa? Il fatto era che anche a me ogni tanto facevano quella domanda; cioè, non nel senso che chiedevano a me che lavoro facevo io, ma che lavoro facesse lui, mio padre. Ecco, quella è una domanda che io non faccio mai, che lavoro fa tuo padre. Piuttosto mi capita di chiedere chi ha votato alle ultime elezioni: da lí sí che si capiscono molte cose.

Insomma, mio padre faceva e fa il segretario. In un asilo.

Fino a quel momento, fino a quel giorno, io avevo sempre risposto: «Fa il contabile in un'azienda», e tutti mi guardavano come a dire, *uau*, pensando a chissà cosa, perché le volte che rispondevo *segretario*, cosí, senza pensarci, la gente mi dava un colpetto sulla spalla, come per dire accipicchia, lo so che è dura, ma tu lo sai che puoi sempre contare su di me, con lo stesso tono accondiscendente di quando dicevo che avevo un fratello Down. In quest'ultimo caso mi era persino capitato che mi abbracciassero, che le commesse, sorridendo, mi facessero lo sconto dicendo: «È il massimo che posso fare».

Una volta un tizio mi fece pure le condoglianze.

Ma quella mattina, al mercato, al tipo con la cravatta giusta eccetera, papà rispose: – Di lavoro faccio il papà. Nel tempo libero sono imprenditore di timbri, ricercatore di errori nei bilanci, dottore per l'umore delle maestre. E calciatore professionista nelle ricreazioni. E scrittore di genere...

– Che genere?

– Dramma aziendale. Hai presente i verbali?

– Maddài! Ma che stai dicendo? È un modo per dire che sei disoccupato?

Papà sorrise. – No. Per dire che sono segretario in un asilo.

– Ma figurati... – replicò lui con sorrisetto.

– Te lo giuro.

L'altro assunse un'espressione strana, come se ancora non ci credesse. – E come ci sei finito?

– Be', ammetto che è stata dura. E non nascondo che ho fatto un sacco di altre cose prima di ottenere questo posto. Ho lavorato per delle grandi aziende, ho dovuto accettare benefit di ogni tipo. Ma alla fine ci sono riuscito.

Il vecchio compagno di scuola era sempre piú incredulo.

– Erano anni che lo sognavo, anni: segretario, – e fece un movimento ad arco con la mano, come per visualizzare una targhetta affissa alla porta dell'ufficio, poi iniziò a elencare sulle dita. – Contratto a tempo indeterminato. Mensa gratuita. Bambini che raccontano barzellette. Mamme, – disse strizzando l'occhio, – mamme giovani che ti salutano ogni giorno e vengono a parlare con te per iscrivere il figlio. Fotocopie, – aggiunse, come se se lo fosse ricordato solo in quel momento, – fotocopie a due centesimi l'una. Telefonate gratuite. Vincere sempre, e dico *sempre*, a calcio durante le ricreazioni. Un computer cosí lento che nel frattempo puoi fare mille altre cose. Parcheggio solo per te. Giocattoli in disuso che porti a casa per tutti. Bicicletta dimenticata da anni che diventa la tua bici aziendale. Tutte cose che, ahimè, chi fa altri lavori non sa nemmeno cosa sono.

– ...

– Tu invece che lavoro fai, Tommaso...

– Veramente io sono Luca.

– Oh, sí, certo, Luca. Che lavoro fai, Luca?

– Avvocato.

– Urca! – disse papà, con l'aria di uno cui era stato pestato il piede. – Mi spiace. E ne hai ancora per molto?

Ecco, andò piú o meno cosí. Non che fare l'avvocato sia un brutto mestiere, sia chiaro.

In ogni caso, ciò che piú mi rimase impresso, di quell'episodio, fu il potere straordinario, salvifico, dell'ironia. Questo avrei tenuto a mente, se avessi mai deciso di fare il mio tutorial: usare l'ironia. Con affetto. Smontando l'offesa, permettendo alla persona in questione di capire che la diversità fa parte della vita, e che abbiamo tutti qualche sindrome, proprio come aveva detto Davide, il mio amico Down delle frittelle. Cominciai a pensare alla possibilità di fare un video in cui mostrare quanto fosse complesso, meraviglioso e spiazzante mio fratello.

Nel frattempo avevo anche compreso che dovevo iniziare a trattarlo con la leggerezza e la spensieratezza con cui trattavo chiunque altro, che se me ne combinava una delle sue non era vietato dire, chessò: «Oh, ma sai cosa mi ha fatto quel bastardo di mio fratello?»

Il problema era che se lo dicevo a Vitto lui si metteva a ridere, mentre alcuni facevano delle facce scandalizzate tipo: Ma come? Come ti permetti? Hai dato del bastardo al tuo fratellino handicappato?

Sí, mio fratello mi aveva lanciato il cellulare in piscina. Che bastardo. Mio fratello aveva rubato le mie monetine dal portafoglio. Che bastardo. Mio fratello aveva detto a una sua amica che ero scarso a basket. Che bastardo. Sí, mio fratello poteva essere un bastardo, e anche uno stronzetto, e un furbetto, e tutte e tre le cose insieme. Arrabbiarsi con le persone a cui vuoi bene significa amarle. Quando riuscii a dire che mio fratello era un bastardo mi sentii davvero libero.

Una sera, prima di cena, capitò che ci trovassimo in cucina mamma, papà, Chiara, Alice e io, mentre Gio era in soggiorno a giocare.

Mi guardai attorno ed era come essere tornati indietro a quel pomeriggio di dieci anni prima, quando avevo trovato il libro blu con la parola Down in copertina. Papà stava mangiando mandorle come l'altra volta. Mamma non stava affettando peperoni, bensí zucchine. Alice aveva in mano il telefono, e Chiara una tazza. Era inverno, fine febbraio. Dalle finestre penetrava in casa una luce fragile di lampioni, di quelle che chiedono di accendere il camino, scaldare le castagne e avvolgerti in una coperta.

– Oggi ho visto una cosa bellissima, – disse mamma tutt'a un tratto.

Papà alzò la testa dalle mandorle come se si fosse accorto in quel momento che in cucina c'erano altre persone. Alice restò incollata al telefono. Chiara torse il collo per prestare orecchio.

– Cosa?

– Ho visto Gio…

– Lo vedi tutti i giorni.

– No, intendo… fuori dalla scuola, l'ho osservato mentre salutava i compagni. Vi siete mai accorti che saluta tutti, dai bulli ai primi della classe, e che con ognuno ha un saluto diverso?

– A dire il vero, – dissi io, – mi sembra saluti con piú affetto i bulli che i primi della classe.

– Ma ciò che mi ha colpito, – proseguí mamma come non avessi parlato, – è che tutti gli sorridono.

– Già. Perché è un buffone.

– Come quella volta che siamo andati alla casa di riposo con zia Federica, – disse Alice, – e lui ha visto gli anziani abbacchiati, ha preso un cestino, se l'è messo in testa e ha cominciato a correre per la sala.

– Comunque, – commentò Chiara, – bulli o non bulli,

la sua preferita, a scuola, resta Giulia. Mi ha detto che la vuole sposare.

Alice drizzò la schiena. – Gio ci resterà male il giorno in cui scoprirà che non può sposarsi.

– E perché no? – chiese papà continuando a pescare mandorle dalla ciotola.

– Come perché no?

– Cosa significa per lui sposarsi? Pensateci. Vestirsi eleganti e fare una festa. Vorrà dire che prima o poi ci vestiremo eleganti e faremo una festa...

– E quando vorrà avere un figlio? Gli regaleremo un bambolotto? – continuò Alice.

– Be', gli diremo che non può averne. Cosí come Giacomo sa che non potrà mai giocare a basket tra i professionisti, anche se è la cosa che desidera di piú.

– Anche solo aiutarlo a trovare un lavoro sarà complicato, – dissi io.

– Io potrei assumerlo nella mia farmacia, – rispose Chiara.

– Io credo, – disse mamma, – che dobbiamo anzitutto calibrare le nostre aspettative, e riuscire a vedere la sua vita con nuovi occhi. È una questione di sguardo.

– Sí.

– Già.

– *Yep*.

– *Crock*, – annuí papà masticando una mandorla.

Sguardo, pensai. Mi alzai e andai a spiare Gio in soggiorno.

Stava giocando con i dinosauri. Restai in piedi nella penombra dell'ingresso. Non mi ero mai soffermato con attenzione a osservare come giocasse con i dinosauri. Ne prendeva uno alla volta da una pila alla sua sinistra, avvicinava gli occhi alle zampe, lo faceva correre sul posto, rotolare, saltare e infine lo lanciava in un angolo dove a poco a poco si stava formando un cimitero di animali preistorici. Poi ricominciava con un altro dinosauro. Li conosceva tutti, sapeva la loro lunghezza reale, il loro nome e dove vivevano. Era il re dei dinosauri, non c'era alcun dubbio. Perché gli piacevano cosí tanto? Chiusi gli occhi e provai a vedere quello che vedeva lui: e a un certo punto, accadde. Eccolo lí: il *mesozoico*. Un lago vicino alla televisione, gli alberi tra i libri, la prateria al posto del tappeto. Un diplodoco che mangiava i fiori della mamma sul davanzale. Uno pterodattilo volava sopra le nostre teste. Uno stegosauro si nascondeva dietro il sofà. E lui, Giovanni, era immerso in quella magia. Pensai che in fondo si stava bene nel mesozoico. Rimasi lí non so quanto, perché lí il tempo non esisteva; potevano passare venti minuti come tre giorni ed era la stessa cosa. Avevo impiegato dodici anni a vedere il mondo con gli occhi di mio fratello; e ve lo giuro, quel mondo non era affatto male.

Il giorno seguente andai al cimitero (quello vero, non quello dei dinosauri). Destra, sinistra, destra. Dodicesima fila, settimo posto. Alfredo Colella, mio nonno. Mi dispiaceva che non avesse visto Giovanni crescere, entrare nelle nostre vite e trasformarle. Cosí ogni tanto gli scrivevo una lettera, aggiornandolo sui fatti piú importanti e gliela lasciavo sotto una pietra. Spesso, in quelle lettere, dicevo cose che non avrei potuto dire a nessun altro, elaboravo pensieri che cosí definiti, limpidi, riuscivo a esprimerli solo a lui.

Caro nonno Alfredo, come stai? Non sai cosa ti stai perdendo, quaggiú. Tu neanche ti immagini cosa sta diventando Giovanni. Giovanni è il movimento, la voglia, il sangue. Ma sai cosa c'è, nonno? È che ogni tanto mi capita di pensare alla sua morte. Anche i supereroi possono morire, no? Ci sono supereroi dove sei tu? È piccolo ora, ha undici anni. La parola morte sembra cosí distante che usarla nella stessa frase in cui compare il suo nome è come mettere la marmellata nelle lasagne. Sai, nonno, forse lo sapevi già, ma Gio morirà prima di me. Non è sicuro, ma è probabile: è probabile che vedrò la sua bara, come ho visto, quel venerdí, la tua.

Tu ce l'avevi la paura della morte? No, non dico per te: lo so che tu, per quanto ti riguardava, non avevi paura di niente. Me lo hai detto, una volta, lo ricordo bene, hai detto: Io non ho paura di niente! Ma paura per la morte di qualcun altro? Magari per nonna Bruna. Hai mai avuto paura di rimanere solo?

Succederà che Gio se ne andrà. E quando succederà, nonno, io sarò comunque felice. E ogni lacrima sarà un ricordo. Ogni ricordo un sorriso. Sí perché come fai a non ridere con lui? Se piangerò, nonno, piangerò per non ridere troppo. Il punto è che lui non può sparire. Questo è il punto. Non posso farci niente. Ormai Gio è nell'aria, nell'acqua, nella terra e nel fuoco. È in mezzo a noi. È dentro di noi.

Ogni posto in cui mette piede cambia irreversibilmente.

Quando non ci sarà piú sarò dispiaciuto di una cosa: che non lo hanno conosciuto tutti. Se non ci sarà piú cercherò per viale dei Castagni la sua ombra, come faceva lui. Se non ci sarà piú, ripasserò tutti i titoli dei suoi libri con una penna senza punta. Se non ci sarà piú, abbraccerò ogni persona, chiunque sia, come faceva lui. Se non ci sarà piú, ballerò con i suoi dinosauri. E lí, nel mesozoico, tra un diplodoco e un T-Rex, ci sarà lui ad aspettarmi, per sempre.

Mio fratello. Che rincorre i dinosauri.

Tuo,

Jack

Sei uguale sei

Ma intanto c'era un sacco di vita davanti. Mia, sua, insieme. Soprattutto insieme. Andare in giro con Giovanni era la cosa che piú mi rendeva felice, era come camminare con una giornata di sole in tasca. Non avevo piú paura del giudizio di nessuno e stavo imparando a non giudicare troppo in fretta.

Cominciai a togliere le targhette dai quadri e a guardare solo le tele. Scoprii che non tutte le ragazze che ascoltavano Rihanna erano vegane, e che potevano essere simpatiche come le altre. Né piú né meno.

Arrivò il periodo in cui mio fratello si appassionò, ma tanto, ai video; ogni giorno mi chiedeva se lo intervistavo. Non so perché. Forse per una questione di autostima, forse perché gli piaceva e basta. Fatto sta che le interviste diventavano sempre piú surreali: scoprivo che aveva rubato la macchina a certi politici, che era stato una spia per la regina d'Inghilterra e che da dieci anni mangiava solo panini alla pastasciutta. Per lui era uno spasso, davvero, si rotolava a terra dalle risate; e visto che la sua è la risata piú contagiosa del mondo finivo per sbellicarmi anch'io; e piú aumentavano le risate *fratello fratello*, piú diminuiva la memoria dell'iPad. Fino al giorno in cui, pronti per un nuovo video, i capelli con il gel, la maglietta rossa preferita e l'ennesima storiaccia su sé stesso che già scalpitava in gola, la sventura si abbatté su di noi: scoprimmo che di memoria, nell'iPad, non ce n'era proprio piú.

– Dobbiamo cancellarne qualcuna, – dissi.

– Cosa?

– Registrazioni. Dobbiamo...

– No, – fece lui. – Niente cancellare.

– Non c'è altra soluzione.

– C'è, – annuí.

– Quale?

Portò il dito al mento e alzò gli occhi al soffitto, per riflettere. Poi: – Alice.

– Alice?

– Macchina.

– Non possiamo prendere la macchina fotografica di Alice, lo sai quanto ci tiene, non la dà a nessuno. Possiamo usare il telefonino. Anche il telefonino fa i filmati... – Sí, perché dopo l'incontro con Moreno, davanti al quale come ricorderete ci eravamo presentati impreparati, mi ero procurato un cellulare con telecamera; peccato che l'avessi pagato cosí poco che la qualità dell'immagine, insomma, era la stessa dei filmati d'epoca, quelli che saltano fuori ogni tanto dagli archivi dell'Istituto Luce, avete presente?

– Brutti, – disse Giovanni, con la faccia di uno che ha appena ingoiato uno scarafaggio.

– E allora?

– Rubiamo macchina Alice, – disse acquattandosi come un ninja.

– Rubiamo? Ma che diavolo...

Non feci in tempo a finire la frase che lui era già scappato su per le scale. Gli corsi dietro. Lo trovai in corridoio, in ginocchio a spiare dentro la camera di nostra sorella. Mi sporsi pure io. Alice era alla scrivania che studiava. Va bene, pensai, perché no?

– Ecco cosa faremo, – dissi a Gio, – io entro e la distraggo, tu ti infili quatto quatto dietro di me e prendi la macchina, occhei? È la dietro. La vedi? – Gliela indicai. – Tra quelle scatole.

– Ladri, – disse Gio accendendosi d'entusiasmo.

– Come Bonnie e Clyde, – feci io. – Come Frank e Jesse James.

Gio annuí, eccitato, senza sapere di cosa parlavo.

– Hai capito?

Annuí ancora.

– Allora io vado.

– Mi piace ladro, – sogghignò lui.

Sulla porta della camera di Alice campeggiava la scritta: «Loro ridono di noi perché siamo diversi, e noi rideremo di loro perché sono tutti uguali». Alle pareti, foto di Steve McCurry, il fotografo del «National Geographic», quello della ragazza afghana con gli occhi verdi.

Entrai e dissi: – Ehi!

Alice ripeté: – Ehi! – Senza muovere un muscolo, immersa nella lettura.

Mi sistemai in modo che Gio potesse scivolarmi dietro senza essere visto.

– Che vuoi? – fece lei.

Già, cosa volevo? – Hai della paraffina?

Alice ruotò il collo in modo impercettibile; le pupille scattarono agli angoli degli occhi, quel tanto che bastava per farmi entrare nel campo visivo. – Cosa?

– Della paraffina. Devo costruire una barchetta di carta che non affondi.

– Giacomo, io non so neppure cos'è la paraffina. Perché dovrei avere della paraffina?

Con la coda dell'occhio cercai di capire se Giovanni era entrato, ma non lo vidi.

– Hai ragione, – dissi ad Alice. – Che sciocco. Perché dovresti avere della paraffina? Senti… hai visto il mio pallone da basket? I miei calzini verdi? Hai qualche idea su cosa regalare a papà per il suo onomastico?

Alice si spostò sulla sedia per guardarmi meglio: – Che diavolo stai dicendo?

A quel punto, non sapendo piú che fare, mi voltai: – Giovanni, ma dove accidenti…

Giovanni era per terra, in corridoio, che rideva.

– Che state facendo? – domandò Alice.

Giovanni si alzò di scatto, entrò in camera e disse: – Scusa, ciao Alice. Io e Jack ladri. Noi prendiamo macchina video. Tu gira e non vedere. Zitta, fai finta di niente. Guarda lí. Grazie. Ciao.

– Ma che…?

Attraversò la camera e afferrò la macchina.

– Ehi, – fece Alice, poi guardò me. – Allora?

– No, niente, ecco, – balbettai, – è che la memoria dell'iPad è piena, e Giovanni non vuole cancellare i filmati vecchi e dobbiamo farne uno nuovo…

– Uno nuovo?

– Sí.

– Quale?

– Un colloquio di lavoro.

Alice mi guardò come se fossi pazzo.

Dissi: – Giovanni si è preso bene con questa cosa delle interviste, e gli ho promesso che avremmo girato un finto colloquio di lavoro. Ma fatto bene, professionale.

– Cioè?

– Studio, segretaria, sala d'attesa e via dicendo.

– E dove trovate uno studio, una segretaria, una sala d'attesa e via dicendo?

– Dal padre di Alberto.

– Il notaio?

– Esatto.

Gio, intanto, zitto zitto, oltre alla macchina fotografica, si era impadronito del treppiede e persino di una sca-
toletta con il necessario per il make-up.

– Quindi, – dissi, – non è che *per caso* saresti cosí gentile da prestarci...

– ... la macchina fotografica, il treppiede e il necessario per il make-up?

– Ecco, – sorrisi, – proprio quelli.

Alice guardò me, poi Giovanni, poi di nuovo me, poi
di nuovo Giovanni. Le si leggeva l'indecisione negli occhi. – Vabbe', – disse infine: – Basta che facciate attenzione, – e le parole le ballonzolarono fuori dalla bocca a
una a una come palloncini.

– Basta che facciate attenzione vuol dire sí?

Alice tornò a immergere lo sguardo nel libro. – Vuol
dire sí basta che facciate attenzione.

– Piú che attenzione, – dissi io.

– Attenzione, – disse Alice senza guardarmi, – come se
nel caso in cui le capitasse qualcosa ci andasse di mezzo il
tuo computer, che volerebbe fuori dalla finestra? Attenzione cosí?

– Che mi si copra il corpo di pustole, – dissi baciando-
mi gli indici in segno di giuramento.

– Potete andare.

– Ringrazia Alice, – dissi a Giovanni.

– Grazie Alice, – disse lui.

Uscimmo dalla stanza camminando all'indietro, praticamente inchinandoci. Entrammo in camera nostra.

– Ladri bravissimi! – esclamò Giovanni.

– Insomma, – feci io.

Giovanni posò il bottino sul letto e si fermò a osservare

l'armadio. Mise il dito all'altezza della tempia, segno di grande intuizione. A Giovanni le idee normali vengono con la punta dell'indice sul mento (idee come: rispondere sí o no, decidere se andare a giocare in taverna o in soggiorno, se mangiare prima il pollo o il purè), mentre le altre, quelle prodigiose, gli vengono con la punta dell'indice sulla tempia. E se ha piú di un'idea prodigiosa al giorno allora vuol dire che è un giorno prodigioso, e quella mattina aveva già avuto l'idea di fotocopiarsi con la stampante la mano, la bocca, la guancia e altre parti del corpo non identificabili. Ora, ecco la seconda grande idea: mettersi la giacca.

– Giacca! – esclamò. Spalancò l'armadio per cercarla, buttando giú tutto; capii che era per l'intervista che voleva vestirsi elegante.

– Con la giacca ci vuole anche una camicia bianca, – dissi io.

– *Faffallino*, – fece lui.

– Certo, il farfallino…

Non avevamo le idee chiare su cosa fare, ma io sapevo che il tempo speso con Giovanni a girare un video sarebbe stato, per me, un tempo prezioso: dedicato a costruire memoria.

Io e lui uniti nel produrre storie.

Io e lui uniti *nella* storia.

Io e lui incorniciati dallo schermo, per sempre: lo spazio del possibile e dell'impossibile.

Ora, quale fu l'ordine in cui girammo le scene? Andammo prima dai pompieri? Prima nell'ufficio del papà di Alberto poi alla casa di riposo? Non saprei piú dirlo. So per certo che le riprese durarono tre giorni, perché ricordo le ore di studio perse e il brutto voto in matematica che ne seguí. In ogni caso, nulla andò secondo i piani. E questo aggiunse divertimento. Fu un po' come prendere uno pneumatico gigante, infilarcisi dentro e rotolare giú per una collina. Cioè, non proprio uno pneumatico, ma poco di piú, la vecchia Ford Fiesta di nonna Bruna, con cui ci spostammo da una location all'altra per tutta Castelfranco: che non è poi chissà cosa, immaginate di fare cinque o sei volte il giro di un campo da calcio. Io, fresco di patente, ero al volante, lui, con il casco della bici (sí, usa il casco della bici anche in macchina), alla mia destra. Sui sedili posteriori, la nostra troupe cinematografica: Rana la rana, l'enciclopedia dei dinosauri, il treppiede, un vestito di ricambio, la Coca-Cola, un pacchetto di patatine e una valigetta piena di pupazzi.

Come sempre quando è in viaggio, non importa se per poco, Giovanni si riempí di entusiasmo. La sua gioia gonfiò ed esplose tipo geyser. Sporgeva la testa dal finestrino, tirava fuori la lingua quasi volesse inghiottire ogni molecola di ossigeno del pianeta, alzava le braccia neanche stessimo correndo a velocità stratosferiche sulle montagne russe, invece non superavamo mai i trenta chilometri orari. Intanto cantavamo insieme, a squarciagola, *Mica Van Gogh* di Caparezza. E volavamo. Era questa la sensazione.

I pompieri lo fecero sedere al posto di guida del camion e lui finse di partire per un'emergenza con il casco e la divisa addosso. Nel centro commerciale gareggiammo piú volte, *ascensore*, lui, contro *scale*, io.

Dal papà di Alberto si infilò in stanze dentro cui si stavano tenendo riunioni e firmando contratti, mostrando a tutti la sua valigetta piena di pupazzi. Lí, in quell'ufficio, scelta una stanza dove non potevamo fare troppi danni, ci fermammo per... piú di venti minuti. Gli posi delle domande strane, un po' perché le avevo preparate, un po' perché volevo fargliele da molto tempo, un po' perché mi saltavano in mente. Lui mi diede delle risposte strane, un po' per- ché lo avevo costretto (a questo servivano le patatine), un po' perché non voleva darmi soddisfazione, un po' perché non capiva. Però, quando mi bloccavo e non sapevo come andare avanti, lui improvvisava, e quando si bloccava lui, be', allora ci pensavo io. Ci capivamo per istinto, come due ghepardi che cacciano insieme.

Poi *spack frush snap* e via di nuovo, Ford Fiesta e mu- sica al massimo.

Da Antonio, un amico di Gio, giocammo a basket. Do- vetti aspettare parecchio, ma alla fine riuscii a filmare un suo canestro.

Per strada lo lasciai andare avanti, mentre io, con la macchinetta digitale, cercavo di cogliere la poesia dei suoi movimenti. Camminava per la strada come se stesse an- dando al lavoro, guardava i muri al posto delle vetrine, cal- ciava i bidoni della spazzatura, ogni tanto suonava i cam- panelli. Alla casa di riposo lanciò le caramelle agli anziani e li spinse forte sulle carrozzine. Piú di una volta dovetti inseguirlo, perché magari gli avevo detto di correre, ma non avevo specificato fin dove, e lui non si fermava piú.

Lo accompagnai a scuola e domandai alla professoressa il permesso di fare delle riprese in classe; sapevo quanto bene gli volevano i compagni, e tutto quel bene, io, vo- levo infilarlo nel video. Chiesi a Gio di scrivere qualcosa alla lavagna, cosí che la scena sembrasse piú reale. Scrisse: $6 = 6$. La classe scoppiò a ridere, io pure, e la maestra an- che. Lui pensò di aver sbagliato i conti, si sentí in dovere di cambiare qualcosa e aggiunse: - 100. Sei è uguale a sei meno cento. Ecco, lui aveva scritto una cosa giusta e noi, ridendo, lo avevamo portato all'errore.

A casa continuai a pedinarlo cercando di scardinare la serratura del suo quotidiano: i piccoli gesti, le piccole manie, le attenzioni verso ciascuno di noi. C'era della magia in tutto ciò che faceva, e io capii che avrei passato il resto della mia vita nel tentativo di catturarla.

Non so quante ore di girato avevamo, alla fine. Tante, comunque.

Il 20 marzo del 2015, il giorno prima della Giornata mondiale della sindrome di Down, alle nove di sera, ero davanti al mio vecchio computer. Stavo montando il video. Uno dei corsi che ho seguito in prima superiore era un corso di cinema di cui ricordo poco o niente, se non una frase detta dal ragazzo che lo teneva, uno spilungone con i dread: «Spesso sono gli errori e le casualità a rendere speciali i film». Riguardando quello che avevo girato con Gio, be', mi veniva il sospetto che fosse proprio cosí. Piú di quello che avevamo previsto o costruito a tavolino, era stata la spontaneità di Gio, la sua incapacità di recitare, di fingere di essere altro da sé, a rendere straordinari alcuni passaggi.

Io, poi, avevo fatto una serie di errori assurdi, tipo che mi si vedeva riflesso nei vetri, i colori e il bilanciamento dei bianchi erano sballati, l'inquadratura tremava, i primi piani erano sfocati e via dicendo. Eppure non mi passava per la testa di rifare qualcosa: gli errori fanno parte della nostra vita e, come diceva il tizio con i dread, certe scene, come Gio che scappa al tramonto nella piazza deserta, ecco, scene come quella, a scriverle, non mi sarebbero venute in mente. Invece nella fuga di Gio c'era tutto: tutta la mia speranza, ogni grammo della mia paura.

In casa dormivano.

Mamma e papà. Alice e Chiara. Anche Gio, nel letto accanto al mio. Avevo messo le cuffie per non disturbarlo. La nostra stanza era irradiata dalla luce azzurrina del monitor.

Decisi di scendere in cucina per bere un'aranciata. Uscii in corridoio, la casa era buia e silenziosa. All'improvviso, dalle scale, emerse nitida l'immagine di un bambino di cinque anni che arrancava su per i gradini con il peluche di un ghepardo sotto il braccio: il bambino mi passò accanto, mi guardò, mi sorrise ed entrò in camera mia. Feci finta di nulla e scesi di sotto in punta di piedi.

Sulla soglia della cucina mi fermai un attimo. Percepivo l'eco dello spavento che ci colse il giorno in cui un würstel stava per soffocare Gio. Aprii il frigo per prendere l'aranciata e ne uscirono le risate che il cibo, in casa nostra, ha sempre portato con sé. Dalle sedie sfiatavano i racconti di noi bambini. Dal soggiorno giungeva la voce dei nonni. Dalla taverna salivano la melodia di *Little John*, il mio timore che Brune e Scar vedessero Giovanni e il mio sollievo dopo che si erano incontrati. Il telefono mi parlava di Arianna e adesso, nell'aria, avvertivo il suo profumo. E sentivo un dolore al petto. Ed ero felice.

Tornai in camera e ripresi il montaggio. Aggiustai la colonna sonora. Decisi il titolo: *The Simple Interview*.

Quando guardai di nuovo l'ora erano le quattro, ma non avevo sonno: c'era una gioia sottile a tenermi sveglio. Il video era finito e mi sembrava che meglio di cosí, davvero, non avrei saputo farlo, che se ci avessi rimesso mano avrei rischiato di peggiorare le cose. Mancava solo un click per condividerlo su YouTube.

Mi arrivò alle orecchie la voce di Gio. Mi voltai. Stava dormendo.

Giacomo, Giacomo... diceva la sua voce.

Sei tu?

Certo che sono io.

Era come quella volta, da bambini, quella volta sul lettone, quando la stessa voce aveva mormorato: Capisco tutto quello che dite, parlate pure di me, basta che parliate.

Cosa c'è?

Stai tranquillo.

Sto tranquillo.

Quando avrai bisogno di un po' di forza, io sarò al tuo fianco, lo sai questo, sí? Io ho tutta la forza che serve. Ne ho per me e ne ho per te.

Sí, lo so.

…

Giovanni…

Che c'è?

Grazie.

Non rispose. Mosse le gambe sotto le lenzuola e sorrise nel sonno.

Mi guardai attorno. La nostra camera, nell'ultimo periodo, era cambiata: non c'era piú la mia metà con i poster dei gruppi e la sua con quelli dei dinosauri. C'erano i dinosauri sul mio comodino e Anthony Kiedis di fianco al suo letto. I libri si erano mischiati. Lui mi aveva regalato delle figurine, io degli adesivi. Tra i cd era pieno di fiabe sonore.

Mi cadde lo sguardo su una foto appesa in bacheca, una vecchia foto di famiglia con papà, mamma, Alice, Chiara e io. Accanto a noi c'era un ometto stilizzato con una faccia tonda e un sorriso da orecchio a orecchio; dietro la schiena, un mantello da supereroe. Erano passati dodici anni da quando l'avevo disegnato.

Presi un pennarello dal barattolo sulla scrivania e disegnai lo stesso sorriso dell'ometto anche sulle nostre facce: sulla mia, su quelle delle mie sorelle e su quelle dei miei genitori.

Adesso potevo caricare il video.

Pochi giorni dopo, non ce lo aspettavamo, *The Simple Interview* lo avevano visto in tanti, proprio tanti, anche fuori dall'Italia. Poi la faccia di Giovanni finí sulle prime pagine dei giornali. Questo però non mi stupí, in fondo accade sempre, con i supereroi.

Ringraziamenti.

Innanzitutto, di cuore, di pancia e di cervello, grazie a Fabio Geda per avermi fatto da tutor, accompagnandomi socraticamente verso la ricerca del modo, dello stile e delle parole per raccontare questa storia. Senza di lui, il quadro avrebbe il disegno preparatorio, ma mancherebbe del colore, delle sfumature e dei giochi di luce che ha saggiamente saputo cogliere. E in particolare grazie per avermi rivelato l'esistenza della parola *esergo*, termine ormai quasi dimenticato, ma fondamentale per la comprensione del mondo e delle vicende umane quotidiane. Fabio, ora, piú che altro, è un mio amico.

Grazie poi a Francesco Colombo, il mio editor, per avermi insegnato che dentro ogni persona c'è un mondo incredibile e che, sebbene io non avessi compiuto rapine (non considero tali alcuni piccoli furti liceali di capi di vestiario dimenticati) né commesso omicidi, sebbene la mia fosse una storia semplice, aveva lo stesso qualcosa di unico. In questo ultimo anno, al telefono, Francesco esordiva sempre con domande sulla scuola, sul tempo atmosferico a Castelfranco, oppure parlando di cose qualunque, poi, all'improvviso, quando già mi stavo rilassando, interrompeva il dialogo e chiedeva: «Come sei messo co 'sto libro?» Cosí io mi ritrovavo spiazzato. Questo però non mi ha impedito di escogitare ogni volta una scusa «credibile» al ritardo: come ogni liceale sono molto allenato alla giustificazione. Pure Francesco, ora, è un mio amico.

Ringrazio i miei genitori innanzitutto per aver creato il vero protagonista di queste pagine, Gio, e per averlo rassicurato sul fatto che anche se il libro non venderà milioni di copie, e quindi non ripagherà i danni economici commessi da lui nei primi tredici anni della sua esistenza, non sarà un problema, continueranno ad amarlo allo stesso modo. Se poi dovessi scrivere i ringraziamenti per tutto quello che mi hanno dato oltre mio fratello, be', il libro che avete letto potrebbe al massimo esserne l'introduzione.

Ci tengo poi a sottolineare l'importanza che gli amici hanno avuto e hanno nella vita mia e di mio fratello, e mi scuso con quelli che non ho potuto citare. Senza il sostegno di tutte le persone che ci vogliono bene non avrei mai trovato la forza per espormi prima con un video, poi con un libro. Non faccio qui un elenco perché, sbadato come sono, dimenticherei qualcuno e peggiorerei ancora le cose. In ogni caso, chi, leggendo queste righe, si è in qualche modo sentito chiamare in causa e ha avvertito una leggera pressione sulla parte alta del polmone sinistro, può aggiungere il proprio nome a penna al fondo della pagina.

Voglio inoltre ricordare le persone che sono state, sono e saranno vicine a Gio: i professori, i compagni di classe e tutti quelli che si sono lasciati incendiare dal suo fuoco e hanno avuto la dolcezza di ripararlo nei momenti di pioggia. È anche grazie a loro che Giovanni è ciò che è.

Gio, invece, non lo ringrazio, ho già parlato abbastanza di lui all'interno del libro, ed è il caso che io cominci a pensare a qualcos'altro, tipo una ragazza, la scelta dell'università, i concerti, le feste o addirittura a un lavoro, perché non credo di poter sopravvivere ancora a lungo a patatine fritte e Coca-Cola, come vorrebbe mio fratello. Però, su sua richiesta, metto qui sotto il disegno di un dinosauro, precisamente di un T-Rex (anche nella speranza che, un giorno, possa convincerlo a leggere questo libro); Gio mi ha spiegato che si tratta di un rarissimo (unico, credo) esemplare di T-Rex erbivoro. Lo dico per chi non lo deducesse dall'immagine.

In fondo, non esistono libri sui dinosauri senza immagini di dinosauri.

Nota al testo.

I versi alle pp. 68, 69 sono tratti dalla canzone *Slow Cheetah*, interpretata dai Red Hot Chili Peppers. Testo e musica di Michael Balzary, John Frusciante, Anthony Kiedis, Chad Smith. Tratta dall'album *Stadium Arcadium*, 2006.

I versi alle pp. 104, 106 sono tratti dalla canzone *Scar Tissue*, interpretata dai Red Hot Chili Peppers. Testo e musica di Michael Balzary, John Frusciante, Anthony Kiedis, Chad Smith. Tratta dall'album *Californication*, 1999.

L'illustrazione a p. 176 è di © MisterElements / Shutterstock.

Indice

Stampato per conto della Casa editrice Einaudi
presso ELCOGRAF S.p.A. - Stabilimento di Cles (Tn)

C.L. 23906

Edizione						Anno
13	14	15		2021	2022	2023